12
Dungeon Master
wants to sleep now and forever...
著 鬼影スパナ Illust. よう太
絶対に働きたくない
ダンジョンマスターが
惰眠をむさぼるまで

お隣さんの娘さん
イグニ
『アタシの分もあるんだからね!?』
ゴーレム焼き
大食い大会!

「アタイがあるだけ食ってやるッ！」
お隣さんの奥さん
レドラ

「ちゃんと分かってる？
私、ケーマのことが好きなんだから」

第695番ダンジョンコア
ロクコ

「すこし行ってきます」
光神教の聖女
アルカ
ダンジョンマスター
増田桂馬

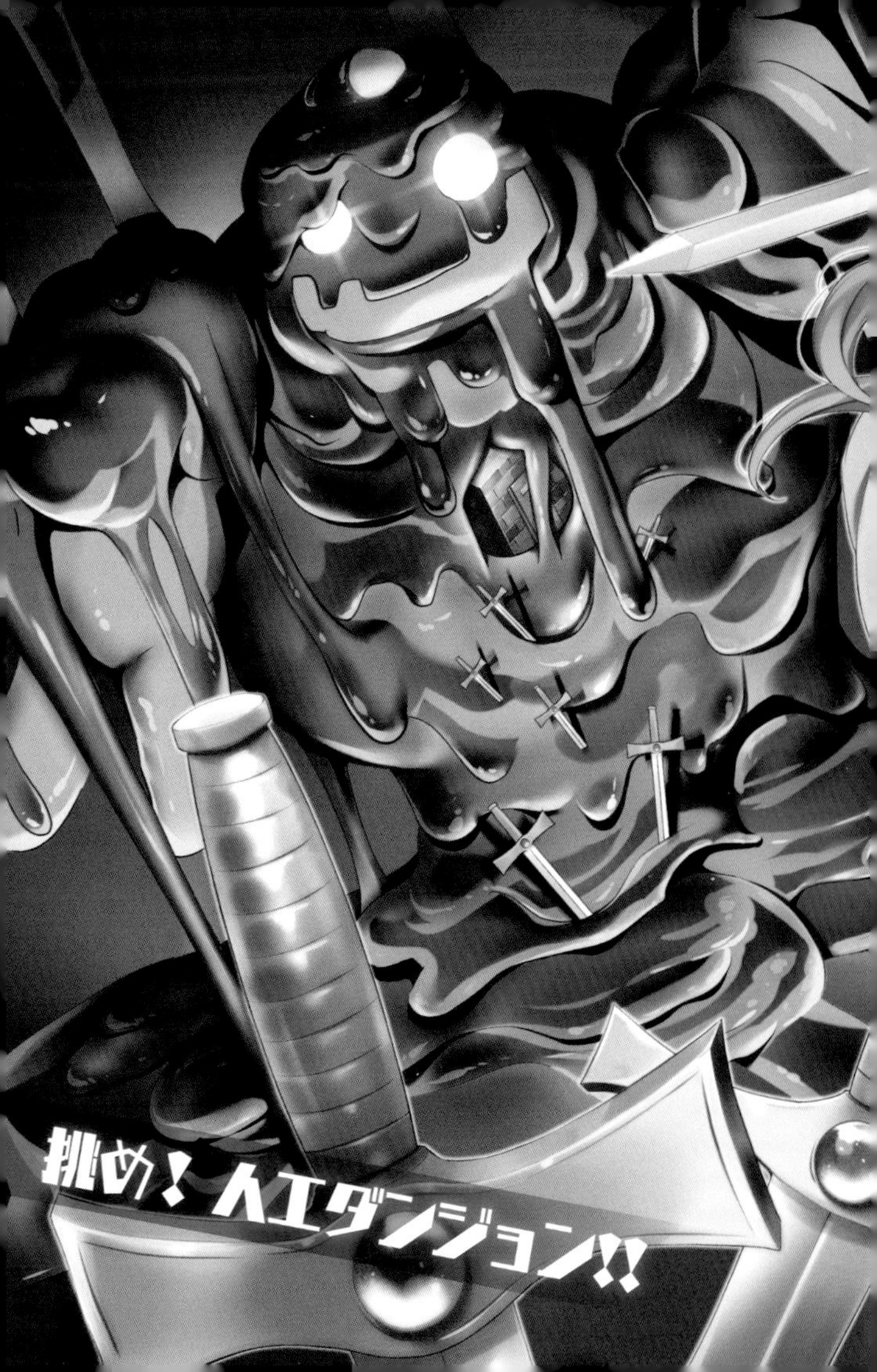
挑め！ ヘエダンジョン!!

CONTENTS

Dungeon m
sleep n

絶対に働きたくないダンジョンマスターが惰眠をむさぼるまで 12

鬼影スパナ

OVERLAP

イラスト／よう太

◆プロローグ

ラヴェリオ帝国ツィーア地方にあるゴレーヌ村。そこはダンジョン『欲望の洞窟』と共に栄えつつある開拓村だ。
ダンジョンからはアイアンゴーレムという良質な鉄材が採掘でき、ツィーア山を貫通した大洞窟によってツィーアとパヴェーラを結ぶ新街道の中間地点にある。
この村と街道ができたことにより、ツィーアとパヴェーラの道程《みちのり》は物理的に非常に近いものになり、物流に多大なる影響と利益をもたらしている。

とはいえ、その影響も基本的には町同士のレベルである。ツィーア山の麓《ふもと》から中腹あたりの村にとっては、行商人の品ぞろえが変わったくらいの影響しかなかった。それでもだいぶ裕福になったといえるのではあるが――

「あの街道ができたのに、ワシの治めている地区の税収はこれっぽっちしか上がっていないではないか！」

――その裕福になった度合いをわざわざ他と見比べ、不満に思う者もいた。

リンゲン・ロードドル。ツィーア山付近の村々を統括しているパヴェーラの貴族、ロードドル伯爵家当主である。

屋敷の執務室において、実務を担当している家令から収支報告を受けたロードドル伯爵は感情のままに怒鳴り散らす。

「おかしい！　なぜだ！　パヴェーラとツィーアの街道が通ったのであれば、その間の村は等しく潤うべきではないか！」

そうは言うものの、洞窟からパヴェーラまでの街道は、地形と最短距離を考慮した結果ロードドル家の治めている村々から微妙に距離が離れており、しかもその街道は馬車を使ってたった1日でゴレーヌ村まで行けてしまう程に短かった。もう1日かければツィーアまで余裕をもって到着してしまう。

故に、途中の村には徒歩で移動する行商人が立ち寄る程度で、村に外貨が落ちることもほとんど無い。であれば税収がロードドル伯爵が思う程上がらないのも当然であった。（尚《なお》、この街道を整備したのはパヴェーラの商人が共同出資する商人連合であり、ロードドル伯爵は銅貨の1枚も出費していない。むしろ、領地に通すのだからと商人連合から使用料をせしめたほどである）

「旦那様。収支は順調に増えております」

「順調？　順調だと!?　前もそう言ってたではないか、それでこれっぽっちか！」

机に報告書を叩《たた》きつけるロードドル伯爵。

「そもそもツィーア山の村のくせに、あのゴレーヌ村はなぜワシに税を納めぬのだ！」

それは当然、ツィーア側の村はツィーアの貴族に税を納めるようになっているからである。だがそのような常識、ロードル伯爵にとってはどうでもよかった。要は、ロードル伯爵に金が入らないのが悪いのだから。

「ああ忌々しい！　あのような村、なくなってしまえ！」

と、そこまで言ってロードル伯爵は気づいた。そう、ゴレーヌ村さえなければ、すべてうまくいくのではないかと。商人が落とす金はすべて自分の懐に入るようになり、贅沢《ぜいたく》も思いのままだと。

「おい」

「はっ、何でございましょうか旦那様」

ロードル伯爵の呼びかけに、家令がこたえる。

「ゴレーヌ村を消すぞ。ワシの手にかかれば簡単なことよ！」

「……は!?　だ、旦那様、いったい何をするおつもりで？　消す、と申しますと……ゴレーヌ村に、兵を送り込むと？」

「それも手のひとつだが、それではツィーアと戦争になろう。少しは考えろ」

「はぁ。ですが旦那様。かの村はまさに伸び盛り、これからますます栄えていくと思われますが」

「だから今のうちに潰すのだ！」

「それだけではございません。かの村の村長は、大変な傑物であると聞き及んでいます」

そう言って、家令は村長について簡単に説明する。


曰《いわ》く、Eランク冒険者のときにCランク冒険者をダンジョンから救出した。

曰く、ゴレーヌ村の運営に、自ら金貨100枚を出資している。

曰く、部下思いの理想の上司である。

曰く、オフトン教の教祖である。

曰く、ツィーアの町の領主と親しい仲であり、婚約者として娘を預かっている。

曰く、かの勇者ワタルと親しく、かつ勇者ワタルより強い。

曰く、ツィーア山に現れたドラゴンを降した。

曰く、授爵のために皇女が迎えに来た。


しかしこれをロードル伯爵は否定する。

「馬鹿者！　そんな人間がいるか！　いたとしてもそのような人間がただの一村の村長などするものか！　話に巨大な背ビレや尾ビレがついてるに決まっておる！」

いくつかは、例えば最初の一つくらいは本当かもしれない。

理想の上司なんかもまだあり得る話だ。オフトン教は新興宗教であるため、教祖というのも可能性はある。金貨１００枚だって、もともと金持ちの家の出であれば絶無ではない。

「しかしツィーア領主の娘を婚約者として預かっているあたりからはもう怪しい」

たまたま新興宗教の監視に来たツィーア領主の娘に勝手に言い寄っているに違いない。

さらには勇者ワタルより強いだの、ドラゴンを降しただの、到底信じられるものではない。仮に真実であれば、その者はとっくに国に取り立てられて、地方の村で村長などという無駄遣いはされていないはずだし、本当に皇女が迎えに来たというのであればもっと大騒ぎになっているはずだ。


「村長について、悪い噂《うわさ》もあるのではないか？」

「は、はぁ。確かに獣人愛好家《ケモナー》で幼女性愛者《ロリコン》であるとか、働いているところを滅多に見ないとか、勇者ワタルに借金を負わせているとか、冒険者ギルドから目をつけられているといった噂もあります」

「ほら見たことか！　噂話だけでも化けの皮が剝がれておるわ！」

　汚らわしい獣人のガキを寝所に連れ込むなど、人としてあり得ない。仕事をしないで理想の上司とは、聞いてあきれる。勇者ワタルも自身に借金を負わせた相手と親しい仲になどなるはずもない。

「決定だな。そいつは詐欺師だ」

「ですが、つい先日の件、ツィーア山に現れたドラゴンの話は記憶に新しく……」

「勇者ワタルが追い払ったのに便乗し、それっぽい牙――精々ワイバーンの牙でももって、自分がドラゴンを討伐したとでも言ったのだろうよ。詐欺師だからな」

そして話が広がりすぎて村にいられなくなり、たまたま立ち寄ったそれらしい美女を捕まえて「皇女が自分を迎えに来た」と言って逃げた。これが真実であるとロードル伯爵は推理した。

であれば、その傑物という村長は二度と村に帰ってくることもあるまい。


「地図を持て！」

「はっ」

ロードル伯爵に言われて書棚から羊皮紙の地図を引っ張り出す家令。

テーブルにツィーア山の周辺地図――主に、ロードル家が統括している地域の――を広げる。最近になってゴレーヌ村や街道が書き加えられた、最新情報といって差し支えない一品だ。

これに相対したロードル伯爵は、手に軽石を持っていた。羊皮紙の表面を削り、書いてある内容を修正するためのものだ。

「ゴレーヌ村を！　消す！　消すのだ！」

がし、がしっと軽石で地図を擦《こす》り、『ゴレーヌ村』の文字を消した。

「……旦那様。地図から名前を消したところで、実在の村は消えませんが」

「そのくらい分かっておるわ！　これを現実にする、という話だ！」

ロードル伯爵が唾を飛ばして叫ぶ。さすがにそのくらいは分かっている。

「現実にする、ということは、やはり兵を……？」

「違うと言っているだろう！　こうだ！」

と、ロードル伯爵はゴレーヌ村のあった個所《かしょ》に『ドラーグ村』という名前を書き込んだ。

そして、大洞窟を含めて、パヴェーラ側もその村である、と線で囲む。

「このドラーグ村はワシの村とする！　村長が不在である今が好機よ！」

ロードル伯爵は高らかに宣言した。

「旦那様、ここの範囲は何もない場所ですが？」

家令が大洞窟のパヴェーラ側を指さす。

「馬鹿者！　こちら側に何もなかったらパヴェーラの村とは言えぬだろう！」

「では、ここには何かを？」

「ククク、そうだ。作るのだよ、ドラーグ村をな！　そしていずれは現ゴレーヌ村を取り込んだ真のドラーグ村とするのだ！」

こうして、ゴレーヌ村から大洞窟を挟んだ反対側に、新たな村が生まれることとなった。

――と、これが約2か月前。ケーマ達《たち》が帝都に向かってすぐの話である。

◆閑話　接客≒ウェイトレス

　６２９番コアをプロデュースするダンジョンバトルを終え、ケーマたちはゴレーヌ村に帰還した。そしてとくに何事もなく日常が戻ってきた。

「長いこと仕事していなかった分もうちょいなんかあるかと思ったんやけど、別に何ともなかったなぁ」

「ん、そうですね」

　不在にしていた間も特に問題は起きていなかったとのことで、イチカやニクも、何の違和感もなく宿の仕事に復帰した。まぁ、ケーマの【転移】もあり表には出られないもののちょくちょく帰ってこれてはいたので、あらかじめダンジョンバトルの終了に合わせて復帰するシフトにしていたが。

「なんかこうウェイトレスの仕事してると帰ってきたなぁって感じせん？」

「わかります。似たようなことはしてましたが、やはり自分の体を使うのは違います」

「ウサギ動かすのも楽しかったけどなー。宿でも飼わせてもらってマスコットにでもするか？」

「たしかに、マスコットがあった方が売り上げが……？」

　そう言って考えるニク。もっともケーマとしては、宿の収入はもはやあまり気にしていないのだが。

と、客が入ってきた。無駄口はここまでにして、仕事をしよう。

ニクはすっかり慣れた感じで、客の元まで行ってぢーっと上目使いをした。

「え、えーっと、く、クロちゃん？　何かな？」

「？」

こてん、と首をかしげるニク。ニンジンくれないのだろうか、と言わんばかりだ。それを見てイチカが察した。

「先輩、先輩！　ここ違うから！」

「はっ。す、すみません」

ニクは『ウサギの楽園』にてモニターを視界いっぱいに広げ、コントローラーで操作するとともに自分の体もつられて動かしていた。憑依《ひょうい》型の操作こそしていないものの、没入型とでも言うべきか。そのせいで、すっかりおねだりの所作が身についてしまっていたのだ。

慌ててぺこりと頭を下げて謝るニク。ちなみに表情は相変わらずのほぼ無表情なのだが、イチカプロデュースのおねだりの所作は体全体で『可愛《かわい》い』を表していた。むしろ無表情が表情の読めない動物の可愛らしさを醸し出してすらいた。

「い、いや！　そ、そうだ。追加でプリン頼んじゃおうかなぁ！　あはは！　クロちゃん

にも奢《おご》っちゃうぞー」

「えと、あ、ありがとうございます？」

なんか知らないがプリンを奢ってもらったニク。

「……なんか貰《もら》いました」

「この宿のマスコットは先輩で決まりやったか……しかし、そうか。そういうのもアリなんやなぁ」

イチカは次は自分もやってみようと心に決める。それからすぐに次の客が入ってきた。そこにこそっと近寄るイチカ。

「……」

「あれ、イチカさんじゃないすか。帰ってきてたんですね……どうしたんですか？」

「……」

中腰になって、上目使いで首をこてりとかしげるイチカ。だが客の視線は胸元に吸い込まれて見ていなかった。……そう。イチカが中腰になると、ここのコスプレメイド服な制服だと胸の谷間がとてもよく見えるのである。故に、これは仕方なかった。見ない方が失礼というほどの存在感なのだ。これで谷間を見ない男は某足フェチくらいなもんである。

「……」

「あ、あの？」

「ちっ、察しが悪いなぁ」

「え、谷間に食券差し込めばよかったんですかね？」

「は？（怒）」

「あ、イエ何デモナイデス……」

とばっちりな怒りを受け、食券を差し出す客。イチカはそれを受け取り給仕を済ませ、ニクの元に戻った。


「あれやな。やっぱり可愛いは正義やな」

「お客さんの気質では？」

「ウチは先輩と違ぅてセクシー路線やし？　可愛い系で攻めるのは方向性が合わんかったんや。それだけやな！」

魅力が足りなかったのではない。むしろ戦闘力がありすぎたのだ。と、ひとしきり悪態をついたところで、イチカはニクににこっと笑いかける。

「ま、普通に仕事しよか。……次は間違えんといてな、先輩？」

「……むぅ、すみません」

そう。イチカは単に悪ふざけをしたのではなかった。ダンジョンの情報が漏れかねないニクの「うっかりミス」を完全に「おふざけ」とするために、わざと同じように遊んでみたのだ。

こういう細かいフォローができるあたり、イチカはさすがだなと、ニクは思った。

「この貸しはカラアゲで返してくれたらええよ」

「……別にご主人様に言ったらくれますよね？」

「銅貨払わなきゃならんやろ。ウチ、今月分はもうスッカラカンやねん」

「？……ああ」

そういえば、イチカだけ際限なく食べそうだからという理由で購入制にしているとケーマが言っていた気もする。と、ニクはおぼろげなどうでもいい記憶を思い出した。

「はー、またご主人様におねだりしてお小遣い貰うしかないかなぁ」

ちなみにそのお金はスロット代を求めるイチカにお小遣いとして再配布されているそうなので、全く不公平ではない。……イチカがスロットを回す場合は、特に操作したりしてるわけでもないのに驚くほどあっさりとお金が消え去るそうだが。

「お小遣いですか」

「せやでー。ふふふ、まぁウチ美人やから？　こう胸の谷間を強調してやな……」

「すると、ここにすぽっと？」

「ひゃっ！　あ、いや、普通に手渡ししてくれるんやけどね」

なるほど。そのお小遣いが再配布ので間違いなさそうだな、と谷間から指を引っこ抜きつつニクは思った。

「先輩もおねだりしたらお小遣いくれるんちゃう？」

「（別段欲しいものとかないし欲しかったら言えばくれるから）特に困ったりはしていないので、いいです」

「そかぁ。ウチばっかりやとなんか優遇されてるみたいで心苦しいんやけどなぁ」

が、どうでもいいので数秒後には忘れた。

◆第1章

帝都でのダンジョンバトルも無事終え、俺達はゴレーヌ村に戻ってきた。
行きにあれだけ時間を掛けたというのに、帰りは『白の砂浜』経由なので1日で帰り着く。あっけないというかなんというか。なにはともあれ、俺達はこっそりと村に帰還してしれっと日常に戻ることにした。『凱旋《がいせん》パーティーだ！』とか言われたら面倒だからな。
副村長への帰還報告もあと2、3日寝てからにしよう。大仕事が終わって疲れたし。オフトン教教祖として休息は取らなきゃだよねっ！　信者、休息は義務ですよ！

そうだ。今回のダンジョンバトルで手に入れた報酬について整理しておこう。色々手に入ったからな、改めてリザルトだ。

えーっと、まずハクさんから貰ったDP《ダンジョンポイント》のあまりが7万Pくらい。ダンジョンバトルでは結局俺達のDPは使わなかった。で、あとハクさんからの報酬としては……第629番コアこと、ウサギ型コアのミカンが部下になった。ついでに564番コアがミカンの使いっ走りになってたが、これは別にどうでもいいか。……連絡手段も俺が【転移】で飛ぶくらいしか無いしなぁ。アイディが『父』への要望に出した「メッセージをやり取りするシステム」が俺達《たち》にも使えることを期待しよう。

次に、『父』から貰ったご褒美の神の寝具2つ。『神の毛布』と『神の目覚まし』だ。これで俺達が所持する神の寝具は『神の掛布団』と合わせて3つ。『神の目覚まし』についてはは旧・神の寝具の7番目なわけだが、まぁ。うん。一応神の寝具シリーズということで……えーっと、あと『神の枕』はツィーア領主のお嬢様マイオドール、『神の敷布団』はハクさんが管理しているとかで所在が分からなくもない。残りの寝具、『神のナイトキャップ』と『神のパジャマ』、それと新・神の寝具7番目の『神の下着』は情報すらないのが現状っと。

そして、オマケで貰ったボスモンスタースポーン。なんと2つだ。これはオリハルコンゴーレム作って複製するのが捗《はかど》りそうである。ふっふっふ……！　まずは小型のから作ってどれくらい時間かかるか確かめてみないとな。オリ（ハルコン）キャラなのでこれは復活までに100年かかります、その間使用不可、とか言われたら困るし。

で、最後に『父』から貰ったダンジョンコアだが、これはまだ使わないでとっておこうと思う。具体的には、今ある【超変身】のレベルをダミーコアで上げ切ってから、新しいスキル覚えるのが確定になってから使うのが良いと思う。ダミーコアでは新スキルは覚えないで既存スキルの経験値になるだけらしいからな。

……ロクコのハグ権？　そういえばそんなのもありましたね。

＊　＊　＊

さて。そんなわけで俺はダンジョンの奥、闘技場エリアの真ん中にやってきた。

ここなら【超変身】の実験をするのに丁度いいだろう。気が向いた時にすぐ検証しておかないと忘れるからな。

「というわけで、ダミーコア2つっと」

DP1万Pを使いダミーコアを2つ入手。早速オリハルコンの剣（去年もらったやつ。一部削って素材として使用済み）で斬り捨てた。3個までは魂の汚染も大丈夫、みたいな話をレオナが言っていたが、安全マージンを考えてこれ以上は止めておくべきと判断した。レオナの情報が信用できるとも限らないしな。

……そう言えばだいぶ前、ロクコがガチャで紫色のダミーコアを手に入れてたな。あれでもよかったか。来年はそうしよう、覚えてたら。というか、なんで紫だったんだろうかアレ。普通は白いよな？……もしかしてダミーコアじゃないとかないよな？　うん、怖いからこのまま【収納】に入れっぱなしにしておこう。【収納】の中は時間止まるし。今回報酬でもらった『神の目覚まし』とダンジョンコアも併せて【収納】にポイしてある。今使ったオリハルコンの剣も【収納】に戻しておこう。

そういや、前にリンから貰った危険物《グラヴィティボム》も入れっぱなしだったな……俺の【収納】がどんどん危険物の宝庫……パンドラボックス？　になってる気がするけど、まぁいいか。

と、そんなことを考えていたが、無事に【超変身】のレベルは上がった。精神汚染とかは感じない、ＯＫ。といっても自分じゃ分からんもんかもしれんけど。……Ｌｖ５か。そのうちダミーコア１個じゃレベル１上げるのに足りなくなったりするらしいが、今回は無事Ｌｖが２上がった。最大Ｌｖはいくつだろうな。ともあれ【超変身：Ｌｖ５】の効果は――うん、頭の中に思い浮かぶ。折角だからＬｖ３までの効果と合わせておさらいしてみよう。

【超変身】の効果
・24時間中にＬｖ回（Ｌｖ５なら５回）、思い描いたモノに変身することができる
・Ｌｖ１効果：実在する何かの姿に変身できる
・Ｌｖ２効果：変身したモノの能力を一部模倣できる
・Ｌｖ３効果：72時間に１回、変身した状態で死亡しても変身を解除して復活
・Ｌｖ４効果：過去に実在していたモノに変身できる（Ｎｅｗ！）

・Ｌｖ５効果：変身後の制限緩和。固有の能力が使えるようになる（Ｎｅｗ！）

はいこれ。
まず今まで１日３回だったのが１日５回変身できるようになった。これはいい。そのまま回数が増えただけだ。次行ってみよう。

Ｌｖ４効果で過去に実在していたものに変身できるというのが追加された。今までは何か実在しているものでなければ変身できなかった。これは例えばロクコに変身する場合を考えると分かりやすい。今までは変身元のロクコが大ロクコの時はロリロクコに変身できなかった。これは世界のどこにもロリロクコが存在しなかったからだと思われる。が、今後は変身できるというわけだ。
ただしこれは無制限ではなさそうだ。例えば、『燃やされる前の手紙』に変身するためには、俺がその燃やされる前の手紙を認識したことがないと変身できなさそう。……今まで変身できたのも、ちらっとでも見たことがあるものとかに限られてたもんな。無条件で『若い時の○○』とか『朽ちた石板の当時の姿』とかに変身できたりすれば、それはそれで使い道がありそうだったんだがなぁ……

で、Ｌｖ５効果。これはＬｖ２効果を強化した感じだ。具体的にはガーゴイルに変身した時に空を飛べないのがLv2での効果。飛べるのがLv5の効果だ。あいつら、羽は飾りで【飛行】スキルで飛んでるからな。

今までは変身後は弱い魔法スキルが使える程度だったりしたし。Lv2で『一部模倣できる』とか書いてあったけど、これ『俺が元々持ってるスキルで頑張ったら再現できるものは使えるよ、でも上限あるよ』という意味だったから。

まぁ、【エレメンタルバースト】が使えたから戦えないという事は無かったし、いつの間にかだけど自分に変身した場合は【クリエイトゴーレム】や【サモンガーゴイル】を使えるようになっていた。原因はよくわからんが、バグ技かもしれないな。【エレメンタルバースト】あたりのせいかもしれん。


で、『固有の能力が使えるようになる』の部分だが、これはスキルで空を飛ぶようなモンスターに変身すれば俺も空を飛べるようになるというわけだ。ただし、劣化状態であるというか、「一応使える」レベルで。

例えるなら、『自転車を買ってもらったけど一度も練習してないから乗れない状態』といった感じが近いだろう。経験や感覚まではコピーできない。空を自由に飛びたければ練習しろということだ。やれやれ面倒な。


「ケーマ！　こんなところに居たのね」

「ん？　ロクコか」

と、ロクコが闘技場エリアにやってきた――と、なんかこう、ロクコの顔を見ると顔が熱くなってしまう。原因は分かっているが、まぁ、それは置いといて。努《つと》めて平静に返事をする。

「どうかしたのか？」

「ウォズマ副村長が探してたわよ、帰ってきてたなら早く顔を出してくれって慌ててたわ」

あー。俺が顔を出さなくても他の連中が帰ってきてたらそりゃ分かるか。だが、慌ててるっていうのはおかしいな。村もいたって平和だったし、レイ達からの報告でも別段問題があるようには思えなかった。なにか火急の用事でもあったのだろうか？

「さっき気が付いたんだけど、村ができてたのよ。それの話じゃない？」

「は？　村ならとっくにできてるだろ、何を今更……」

「あいや、ちがくて」

「うん？」

と、ロクコが俺の隣にきて、マップを開く。って近い近い近い。

「ちょっとケーマ、ちゃんと見て」

「いやその……すまん、なんかこう、その。な？」

「……な、なに恥ずかしがってるのよ。私たちの仲でしょ？　というか、こっちまで恥ずかしくなってくるじゃないの！」

　いいからここ見て！　とロクコが顔を赤くしつつマップを指さす。そこには確かに村と呼べるほどの集落があった――ツィーア山を挟んだ、トンネルの向こう側に。

「……なんぞこれ？」

「だから、村よ。村」

「いやそれは分かるけど……レイの報告には何もなかったよな」

「『そういえばニンゲンが増えました』とか言ってたのってコレの事じゃない？」

　ああ……そういえばそう言ってた気もする。

「ってことは、ドラゴン騒動の残り香で増えた移住者達の住居じゃないのか？」

「かもしれないわね」

　まぁダンジョン領域に収まってるし、大した問題じゃないだろう。

　とりあえず実質的に村を治めてる副村長の早く来いとのお達しだ。お飾り村長の俺は仕方なく出向くことにした。

＊　＊　＊

「――つまり、トンネルの向こう側に新しい村ができたのです……」

　ウォズマ副村長に呼び出された結果、話に出たのはそのトンネルの向こう側の話だった。

まず、反対側の村はゴレーヌ村とは全く関係の無い——完全に無いというわけでもないが、基本的には——別物の村だった。

名前はドラーグ村。なんとなくゴレーヌ村に似せてる気がするが、これの名前の由来はおそらくドラゴンから来てるのではなかろうか。ツィーア山だし。ドラゴン騒動があったばかりだし。で、ドラーグ村の村長は、リンゲン・ロードル伯爵というパヴェーラの貴族らしい。なんでもゴレーヌ村からあふれた移住者を誘ったり、パヴェーラ側にあった小さな村をいくつか移住させたりしてこのドラーグ村に人を集めたんだとか。


だが、少なくともダンジョン的には何の問題もない。なぜなら、ドラーグ村のある土地は既に俺達のダンジョン領域に入っている。故に、あっちが発展すればするほどこちらは儲《もう》かるのだ。現にＤ Ｐ《ダンジョンポイント》収入は人数が増えた分だけもっさり増えている。

ダンジョン視点から見てどこにも問題がない以上、レイにとっても「むしろ勝手にやってくれて助かります」というレベルの話だから、報告があっさり聞き逃すレベルでも当然というものだろう。

「なんでも、あちらも宿屋を作ったらしいですよ」

「ほぉ、そりゃいいな。ウチの宿の客が減るじゃないか」

そしてわざわざこちらで持て成さなくても勝手にＤＰを落として行ってくれる。俺達の仕事も減るし、素晴らしいじゃないか。いいぞもっとやれ。

「……？　すみません村長。今、『そりゃいいな』と仰《おっしゃ》いましたか？」

「言ったよ？」

「あの、宿の客が減るとも言いましたよね？

「ああ。それで仕事が減るからな」いい加減手が回らないと思ってたところだったんだ」

そもそも宿を始めたのは俺の寝る場所を作るためというのが理由なのだ。

それなのに村が出来、忙しくて従業員も増やし、それで落ち着いたと思ったらドラゴン騒動でまた人が増えて更に忙しくなって。お客を引き取ってくれるというなら大助かりこの上ない。


なにせもはや金が欲しくてやっているわけではないのだ。俺の寝る場所も村長邸や教会があるし、ぶっちゃけもう宿は用済みと言っても過言ではない。――まぁ、快適空間の実験場とかハクさんが来た時のおもてなし用施設くらいの用途しかないかな。


「……まぁ、村長は色々手広く事業展開してますからね」

「そうだっけか？　あと教祖くらいしかしてないだろ。えーっと、宿の他には？」

はぁ、とウォズマがため息をつきつつ次の点を挙げた。

「畑、商店、酒場と、様々な点でこの村の丸写しに近い状態なのですよ」

「ほぉ。丸写しとか真似《まね》とかいうからには、教会もあるのか？」

「……祠《ほこら》がありますね。白の女神様と商業神、鍛治神、食神を祀《まつ》っているそうです」

折角だしオフトン教の祠も作ってもらおうかなぁ。……いや、面倒だし止めとこ。どうせこっちの村には元祖オフトン教の教会があるんだし。オフトン教の祠って宿屋ってことにしちゃえばいいや。

「そしてオフトン教の教会については、特別なものを鋭意製作中のようですよ」

「あ、そうなの？　そりゃ楽しみだ。出来たらぜひ視察に行かないとな」

「そうですか……」

はぁぁ、とウォズマはさらに深いため息をついた。そんなに疲れてるのだろうか。

「ん？　というかあっち側に新しくダンジョンでもできたのか？」

それは無いだろうと思いつつ聞く。新しいダンジョンができるほどの変化は、流石《さすが》にダンジョン的に「問題なし」にはならない。もしできていたらレイからも報告がしっかりあったはずだからな。

「……いえ、流石にダンジョンは真似できていないようです」

「そうか。……そんならやっぱり何の問題もないんじゃないか？　だってウチの村はダンジョンがあるからできた村だぞ」

むしろトンネルの向こう側のドラーグ村ではダンジョンもないのにどうして村を作ったのかとすごく気になるレベルだ。まさかゴレーヌ村への対抗心というわけでもあるまいに。

……と、考えて思い至る。普通に立地がいいのだ。

ダンジョンこそないものの、この位置に村があったら行商人も助かるだろう。なにせツィーアとパヴェーラの間くらいだし、確実に人通りのある街道だ。ここに店を並べてるだけでもだいぶ良い立地と言える。

更にはドラゴン騒動のせいで人も溢《あふ》れていた。リンゲン・ロードル伯爵が優秀な貴族であるならこの機を逃すはずもない。儲け話のニオイがプンプンするこの地域に、今まで村がない方がおかしかったのだ。あるいはトンネルができた頃から計画自体はあって、ようやく実行したタイミングが丁度この2か月の間だったということかもしれない。

なんならダンジョンだって『火焔窟《かえんくつ》』がある。ゴレーヌ村からの方が近いが、ドラーグ村からの道を整備して通いやすくするというのも手ではあるわけで。

「ま、ここに村ができたなら行商人も助かるもんな。トンネルを越えなくても物品をやり取りできるんだ、いい折り返し地点になる。その分はゴレーヌ村とドラーグ村で積極的に商売したらいいしな」

尚《なお》、トンネルの通行料は荷物を運ぶ商人が代わりに払うわけだし俺達《たち》に損はない。

「そ、それは……ドラーグ村の連中を喜ばせるだけになるのでは？」

「……え？　何か問題があるか？　敵なわけでもあるまいし」

「敵ではない、と……？」

むしろウォズマはドラーグ村を敵として認識してるのか？　その理由が分からないんだが……何かあるのだろうか？


「なんだ、敵として処理した方がいいのか？　治安がむやみやたらに悪いとか？」

「いえ、その、治安もそこまで悪いものではないですが。ええと、村長が敵ではないというのであれば、そこはまぁ……」

「何か言って来てもトンネルの向こう側だからなぁ。トンネルはどっちの物というわけでもないし、何かが獲《と》れるわけでもない。分かりやすい区切りだよな」

「実は、あちらが村を作った時に宣戦布告——という程ではないのですが、こちらを目の敵にするような発言をされまして」

「へぇ、何て言われたんだ？」

「ケーマ村長は、薄っぺらいハリボテのような存在である、と」

……

少し待ったが、ウォズマはそれしか言わなかった。

「それだけ？　まぁ、要約して、ってことだろうけど……」

「はい、ですが村長を侮辱された発言は多くの村人が聞いておりましたので」

「そんなにひどい事言ったの？」

「成り上がりとか幼女性愛者《ロリコン》とかはまだ許容できたのですが」

許容できたのですが、って幼女性愛者《ロリコン》はいいのかよ……

「なんと奴《やつ》は村長が不真面目で、何も働いてないと……そしてお飾りの軽い神輿《みこし》であるなどとのたまったのです！」

……？

…………？

あっ！　あー、そうか、分かった。分かったぞ、副村長のウォズマ的には俺がお飾りであると看破されるとマズイわけか。いや、普通に何言ってるか分からなかったぞ。事実だったから。

「まったく、そんなこと言われて怒るとか……ウォズマは真面目だなぁ」

「いえいえ、ケーマ村長ほどではないですよ」

「ははは、抜かしおる」

しっかし、俺がお飾りと見抜くとは……きっと相当優秀なんだろうな、ドラーグ村の村長は。少しは媚《こび》売っといた方が良いかな？

「でも宣戦布告、というほどでないにしても近い勢いとなると、嫌がらせでもしてきてるのか？　トンネルの出入り口で関所作って税金とったりしてるとか」

「いえ、そういったことは無いようです」

だよな。ウチの村への嫌がらせをするなら、関所だけを作って通行する商人を減らすだけでいい。わざわざ村を作ることはないはずだ。

「……なんで村作ったんだろうな？」

「いっそ村長同士で会談でもされてみては？」

「そうだな。じゃあウォズマ。手配しておいてくれ」

「えっ」

というわけで、後日村長同士で会談することとなった。

なのでそれまで俺は旅の疲れを癒すという名目でぐーたらすることにした。……あ、こういうとこ見せてるから看破されるのか。まぁ仕方ないね。

＊　＊　＊

会談の約束はすぐ取りつけられた。ひとっ走り冒険者に手紙を届けさせたところ、二つ返事でＯＫがもらえたそうな。ただしロードドル伯爵の指定で場所はあちら側、ドラーグ村でやることになった。もちろん俺としては全く問題ない。ちょうどいいし、あちらの村の視察もしてこようかな。あと手土産にゴーレム焼き詰め合わせでも持ってこう。

だが、ウォズマはこの決定に会談前日になっても不満そうだった。

「なぜこちらが出向かなければならないのです？　まったく村長は甘い。もっと毅然《きぜん》とした態度をとっていただかないと」

「おいおい、ウォズマが村長に求める事はそうなんだろうが、あまり慣れない事をしてボロが出てもしょうがないだろ？　そこはもういっそ諦めてくれ」

「……まぁ、ケーマ村長はお優しいですからな。仕方ありませんか」

納得してくれたようで何よりだ。お飾りの村長だとボロが出たら困るもんな。なによりかしこまるのは気が疲れるから納得してくれてよかった。

「ですが、村長は一応ドラゴン退治の英雄でもあります。偉そうにしていてください」

「分かった分かった。敬語とか使わないようにすればいいか？　いや、相手は伯爵だし敬語は使うべきか？」

「使わずとも結構です」

貴族相手なのにいいのかなぁ、と思わなくもないが、ウォズマが言うなら大丈夫か。

「了解。まぁ、会談といっても特に話すことも無いしな。今回は親睦を深める程度だ」

「それと今後のドラーグ村の展望について聞いておいてください」

「分かった。……って、ウォズマも来るんじゃないのか？」

「私が行く必要がありますか？」

どうやらウォズマは俺の見送りに来てくれただけらしい。

まぁ、確かに親睦を深めるだけならあちらに悪い印象を持ってるウォズマを連れていく必要はないだろう。特に何か決めるわけじゃないからな。

というわけで、ツィーア山貫通トンネルにやってきた。お供はイチカとニクで、移動手段は徒歩。『設置』で行けば早いけど、アリバイは大切だよね。たまには散歩も良いだろう。せっかくなので、自分の作ったトンネルを再チェックする感じで行ってみよう。

まず洞窟の出入り口。ここは特に何もない洞窟の入口という外見で作っていたのだが、いつの間にか多少の手が加えられ、そこそこ手の入ったトンネル入口らしい作りになっていた。具体的には梁《はり》のような飾りがついている。ダンジョンなのでダンジョンコアがある限りは崩壊しないし、中に設置したらダンジョンが吸収する（手動で）ので、本当に入口だけの飾りだ。中は暗く、明かりは各自で持っていく感じである。

ここをくぐると、いかにもな土むき出しの、しかし均《なら》した床の洞窟だ。正確には換気を考慮して洞窟中央から若干出入り口に向かって下がる傾斜が作られているが、ダンジョンでは二酸化炭素等の空気より比重の重いあれこれな気体は自動で吸収するため、換気自体が不要だったことには作ってから気が付いたものだ。

光の魔道具のランタンで道を照らしつつ、ゴーレムアシストでのんびり歩いて進むと、途中、パヴェーラ側からやってきた商人の馬車とすれ違う。洞窟の道は馬車が余裕をもってすれ違えるほどの広さにしているので、わざわざ壁に貼り付いたり徐行運転してもらったりという必要は無い。一応、「歩行者は馬車の邪魔をしないよう道の端を歩く」という他の街道でも共通のルールが適用されているため、追い越しとかもさほど問題ない。

……今度、壁を抉《えぐ》って歩行者用の休憩スペース作っとこうかなぁ。

そうしてしばらく歩いていると、トンネルの真ん中あたりに料金所がある。

ここでは高速道路の料金所の如《ごと》くさらに横幅が広くなっており、いくつかの部屋が並んでいる。ここはちょっと作るのに苦労したので、折角だし詳しく解説しておこう。

料金所のそれぞれの部屋は、３枚の壁によって区切られている。この壁にはスイッチ代わりの水晶玉が埋め込まれており、これに手で触れると壁が上にスライドして通れるようになる仕組みだ。シャッターのように開く扉だと考えてくれていい。

壁は入口、真ん中、出口の３枚。ただし、もちろん両側から同時には通れない。片方が作動した時点で反対側がロックされて入れなくなるのだ。

この部屋のひとつに入って真ん中の壁に埋め込まれた水晶玉に触れると、入口の壁が閉まり、部屋内の重量に応じて請求が発生する（払えない場合は入口の壁を開けて帰ることができる）。そして中央の壁にお金を入れるところがあるので、金を払ったら真ん中の扉が開き、部屋の反対側に行けるようになる。お釣りは出ないので払いすぎに注意だ。

その後、出口側の壁を開けようとすると、真ん中の壁が閉じてから出口の壁が開く。

中の人なり馬車なりが出て行ったら出口の壁は閉じて元通り。


いやぁ、何回かバージョンアップも重ねて今の形になったけど、中々苦労した。

苦労の甲斐《かい》もあってか、今のところは事故は発生していない。でも別に閉じる壁に押しつぶされて事故死しても良いんだぜ？　ＤＰ《ダンジョンポイント》になるし荷物も回収して『欲望の洞窟』の宝箱の中身に有効利用させてもらうからさ。

尚、重量で料金を判別するため【収納】持ちが強いのは仕方ない。ゴーレムで頑張って作ったこの仕組みだけど【収納】の中までは覗《のぞ》けないからな。


で、荷物を持ってない徒歩の3人くらいなら銅貨10枚くらい。

ここでもアリバイ作りのため、ちゃんと金を払って通る。洞窟に払った通行料は俺の懐に戻ってくるので出費は実質0だけど、一応ね。


そんなこんなで通行料を払った後、あとはパヴェーラ側に歩くだけだったのだが——その最中にイチカが「はぁぁあぁ」と盛大なため息を吐いた。

「はぁ……気が重いなぁ」

「ん？　どうしたイチカ」

「いや、あっち側ってパヴェーラの村やろ？ってことは、村人もパヴェーラの連中が多いやろなぁって。したら、昔のウチのこと知っとる奴らもおるかもしれへんやん……」

なるほど、昔の奴隷になる前のイチカを……それで気が重くなるとか一体どんな悪さをしてたんだ。

「ちょっと食い物関係で色々。そん時についた二つ名が『食欲魔人』や」

「なるほど」

きっと色々したんだろうな、とそう思える実感がその一言に詰まっていた。


「……そうだ、仮面でもつけて顔隠すか？」

「お、ええなソレ。こんな身綺麗《みぎれい》な格好してて仮面もつけて黙っとったら、さすがにウチとは分からんやろ」

ちなみに今のイチカとニクは、宿屋の制服であるメイド服を着ている。一応、俺が村長としていくので側仕《そばづか》え的な感じで、側仕えといえばメイド服、という安直な理由で。

「そんじゃちょっとまって。……【クリエイトゴーレム】。ほい」

「早っ！　まぁいつもの事やったな、あんがと」

石から作った、灰色ののっぺりした仮面をイチカに渡す。ついでに革紐《かわひも》もくっつけておいた。

イチカは仮面をかぽっと被《かぶ》って留める。

「多少視界は悪いが問題ないな。息も問題ない感じかなー」

口も隠す仮面なのでこもった声になる。声の感じも変わるなら多少は喋《しゃべ》っても問題なさそうだ。……というかメイド服に仮面ってなんとも似合わないというか。せめて目元だけなら良かっただろうか……いや、逆にこれはこれでアリと言えなくもない……？

そんな風に考えていると、ニクがくいくいと俺の袖を引っ張った。

「……ご主人様。わたしも欲しいです」

「しょうがないな。ほら」

珍しいおねだりに、俺はニクにも仮面を作って渡す。先程の反省を生かし、こちらは目元だけにした。早速顔につけるニク。うん、こっちのほうが似合うね。でもメイド服な仮面が2人もいるとさすがになんかこう、何だろう。すれ違う人のぎょっとした視線を感じる。

俺もナリキン仮面つけて顔隠そうかな……今回は村長としての訪問だからダメか。

「っと、そろそろ出口だぞ」

「ほなウチ黙るわ。なんか問題あったりしたら肩叩《たた》くからよろしく」

「あいよ」

反対側の外の明かりでランタンが要らなくなってきた。いよいよドラーグ村に到着だ。

ツィーア山貫通大トンネルを抜けると、そこは雪国、ではなく白い建物がいくつも立っていた。港町であるパヴェーラにおいてよくある家と同じ、地球のヨーロッパというかエーゲ海っぽい白く四角い建物である。漆喰《しっくい》かもしれない。建ってからまだ日が浅いから か、それとも清掃が行き届いているからかは分からないが、新雪のように真っ白だ。

そんな家々が、小規模ながら洞窟出口からパヴェーラ方面の街道に沿って左右に並び、まるで大通りのようである。いや、実際大通りなのだろうし、これから発展してもっと人が集まれば大通り以外の何物でもなくなるのだろう。

「区画整理は、ゴレーヌ村よりばっちりできているみたいだな」

「ゴレーヌ村は『欲望の洞窟』ありきやからね。そんでかなり適当に作ってってたし」

とりあえず、約束してた訪問である。迎えに来てる人でもいないものか。と、キョロキョロ探してみるものの、それらしい人はいなかった。

うーん？　まぁ、ドラーグ村の村長邸に行けば居るだろう。アポは取ってあるんだし。俺は村長邸の場所を尋ねるべく、通りすがりの村人らしき男に話しかけた。

「すいません、ちょっといいすか」

「ん？　なんや兄さん？……けったいなお仲間さん連れとるなぁ？」

パヴェーラ訛《なま》りの村人は、メイド仮面と化したイチカとニクを見て怪訝《けげん》そうな顔をした。気持ちは分からなくもない。俺もこんな仲間連れていたら怪しい人だと思うもの。

「ドラーグ村の村長邸ってどこにあります？」

「ロードル伯爵様のお屋敷か？　そんなら、あそこに見えるヤツやけども」

と、村から少し離れたところにある屋敷を指さす村人。とはいえ、白い壁に囲まれてて他より大きめな事以外は、ほかの家とほぼ同じ白く四角い家だった。

「なるほど、ありがとう」

「いやええよ」

俺は情報料として大銅貨1枚（銅貨10枚分。日本円に換算して1000円くらい）を渡すと、男は満足そうに去っていった。と、イチカにぽんぽんと肩を叩かれる。

「ご主人様、今の情報に大銅貨1枚は出しすぎちゃう？」

「多少気前が良い方が大物っぽいだろ？」

「……まぁそんならええか」


イチカのＯＫももらったところで、俺達《たち》はドラーグ村村長邸に向かった。

ちなみに道中では建設途中の家がいくつもあった。やはりまだまだ開発中の村って感じがするな。

で、ドラーグ村村長邸の門。ここには門番が控えていた。黙って入るほど礼儀知らずでもないので、俺は門番に声をかける。

「お勤めご苦労さん」

「……」

どうやらこの門番は無口なようだ。もう一度話しかけてみる。

「今日、ロードル伯爵と会う約束をしてるんだけど。通っていいか？」

「……なんだその妙な従者は」

無口というか、ウチのメイド仮面達に唖然《あぜん》としていただけだったようだ。

「俺の従者だけど」

「そ、そうか……」

「で、通っていいってことでいいのか？」

「ああ……い、いや！　ダメだ！」

門番はハッと正気を取り戻したかのように俺たちの前に立ちふさがる。俺をかばって前に出ようとするニクを手で制止し、話を続ける。

「ダメと言っても約束してるんだが。ゴレーヌ村村長のケーマ・ゴレーヌだ。取り次いでくれ」

「身分を証明できるものは？」

おっと、身分証明書か。ならギルドカードがあるな。と懐に手を入れた時——

「そういえば、かのゴレーヌ村の村長はドラゴンを降したという。本物である証拠に、ドラゴンの鱗《うろこ》なり牙や爪なりがあれば通してもいい」


——と、門番はそんなことを言った。

若干演技がかった発言。そういう風に言えと命令されているのだろうか。

これは村長として試されているようだ……ウォズマには舐《な》められると言われてるしな。良いだろう、ドラゴン騒動の後、イグニからもらった鱗とかがある。ライオネル皇帝に献上したあまりだな。ちょうどそのうち何かに使おうかと思って【収納】に放り込んでいた。それを見せてやるとしようじゃないか。

「ほら、これでいいか？」

俺は【収納】から1枚の鱗——ただし手のひらサイズもある、鉱石のような——を取り出して見せた。

「えっ、ほ、本物なのか？」

「本物のドラゴンの鱗だぞ？　じゃ、通してもらうな」

「ま、待て！」

鱗を見せて通させてもらおうとしたが、呼び止められてしまった。

「本物かどうか調べる！　本物ならこの金槌《ハンマー》を叩きつけても傷ひとつつかないはずだ！」

そう言って門番が持ち出したのは鍛冶屋にあるような金槌と金床《かなとこ》だった。……なんでこんなところにそんな金槌と金床を用意してるのかは知らないが、見たところどちらも鉄製であろうか。確かに本物のフレイムドラゴンの鱗ならこれで一発叩いたくらいじゃなんてことないだろう。

「……まぁいいけど」

俺はそっと金床の上に鱗を置いた。

「え、い、いいのか？　本当にぶっ叩くぞ？　偽物なら粉々に砕けるぞ!?」

「どうぞどうぞ」

門番は若干戸惑いつつも鱗に向かって立ち、金槌を大きく振りかぶって——

「うおぉおおお！【ファイアスタンプ】！」

——炎を纏《まと》わせて攻撃力を上げる槌術《ついじゅつ》スキルを使いつつ、全力で金槌を振り下ろした。

ゴィン！　と、生物素材にあるまじき金属音のような重い響きの打撃音。

だが、相手はフレイムドラゴンの鱗。ヒビすら入ることなく金槌を受け止めていた。むしろ炎を吸収してツヤツヤしている程だった。

「……ば、馬鹿な……!?　かすり傷すらつかない……ほ、本物!?」

「満足したか？」

まったく、ミーハーな門番さんめ。と、俺は鱗を拾い上げ、懐にしまう。

「あとほら、一応身分証明書《ギルドカード》だ。通っていいな？」

「……!?　Bランク!?　も、申し訳ありません！　失礼いたしました！」

シュバッと素早く姿勢を正し、頭を下げて敬語になる門番。さすがはBランク、つまりは貴族。これが権力ってやつか。

「なに、君は門番の仕事をしただけだろ？　あ、取り次いでもらったほうがいいのか？」

「はっ！　取り次いでまいります。しばしお待ちください」

門から屋敷へと駆け足で行く門番を見送り、言われた通りしばし待つ。すると使用人らしい男がやってきた。

「お、お待たせいたしました。ゴレーヌ村村長殿。旦那様がお待ちです」

なんか顔色悪いけど、ちゃんと寝てる？　とか、野暮なことは聞かないでおいた。


屋敷の中、応接室へと通されると、すぐにロードル伯爵はやってきた。腹の出た中年のオッサンで、暑苦しいくらいに着飾っていた。よほど儲《もう》けているのか指に大粒の宝石が付いた指輪をつけている。

「よく来たな。ワシがロードル伯爵家当主、リンゲン・ロードルだ」

「初めまして。ケーマ・ゴレーヌだ」

「……その従者はなぜ仮面をつけているのだ？」

「ああ、そういう趣味なんだ。気にしないでくれ」

「そ、そうか……」

挨拶を済ませ、お互い椅子に座る。しかしロードル伯爵はメイド仮面が気になるのか訝《いぶか》しげな目線がそっちに向いていた。……心なしか、メイド仮面1号（イチカ）が気になっているようだ……もしかしてイチカ、パヴェーラでやらかした相手ってロードル伯爵じゃないだろうな。


「それで、ドラーグ村とゴレーヌ村の今後について話がしたいのだが」

俺は強引に話を変えて注意を逸《そ》らすことにした。

「む、あ、ああ。そうだな……今後、うむ」

「できればドラーグ村とはいい関係を築きたいところだ」

「ほう！　それは殊勝な心掛けだな」

と、ロードル伯爵はそう言いつつ椅子にふんぞり返り、右手の指をくいくいと曲げる。

打ち上げられたエビみたいな動きだが、何かの癖だろうか？　と不思議に思っていると、イチカにポンポンと肩を叩かれた。

「ご主人様、あれは賄賂の催促や」

「む、そうか」

イチカの耳打ちを経て、なるほどと思う。貴族の交渉ならそういうのもアリか。……だが、ここで素直に賄賂を出しては舐められてしまうのでは？　うーん、やはりウォズマを連れてくるべきだったか。

「何か渡さないとダメなもんか？」

「そこまではウチも分からんよ。とりあえず手土産でも渡しといたらええんちゃう？　用意しとったやろ」

そういえば菓子折り（ゴーレム焼き詰め合わせ）を用意してたんだった。俺は【収納】から菓子折りの箱を取り出し、テーブルに置いた。

「つまらないものだが、どうぞ」

「ふん、受け取ってやろう」

菓子折りを受け取ったロードル伯爵は、小さくニヤリと笑みを浮かべた。甘いもの好きなのかな、そんな感じの体形してるし。ロードル伯爵は家令を呼んで、菓子折りを持っていかせた。

「早めに、今日中に中身を確認しておいてくれ」

「分かった分かった。後でな」

生ものだからな。【収納】の中なら時間が止まってて焼き立てだけど。

「それで、貴様の要求は何だ？」

改めて俺に向かい、そう言うロードル伯爵。要求。いや、そういえばそういうのは全く考えてなかったな。

「……特にない。しいて言えばこれから仲良くやっていこうといったところかな」

「仲良く？　クカカッ、そうか、仲良くか！」

ロードル伯爵は上機嫌に笑った。門では試されたけど、案外良い人なのかもしれない。

「では、貴様は引き続きあちらの村で村長をしていろ。せっかく帰ってきたわけだしのぉ、ワシも話が早いヤツが村長なら助かるわい」

「ああ」

言われなくても村長なんだけどね。お飾りだけど。

「あ。そういえば」

「む？　やはり何かあるのか、言ってみよ。土産の分くらいは聞いてやる」

「ドラーグ村にも宿屋があるんだよな？」

「うむ。あるぞ。今2軒目を建設中じゃ。ああ、そういえば貴様も宿屋を経営しとるという話だったか？」

「その通りだ。おかげさまで最近は客が減ってきたな」

「カカカ！　まぁ、今後は貴様の態度次第だ。わかっておろう？」

「助かるよ。以前くらいの客足が丁度いいと思うんだ」

いくらシルキーズが分裂して働いている（親戚雇ってる設定で）と言っても、やはり限度はある。ロードル伯爵がドラーグ村の方で客を引き取ってくれるなら万々歳ってなもんだ。というか、副業が本業より忙しくなっちゃ本末転倒だからな。

それを考えると、ドラゴン騒動以前くらいで丁度いい。むしろもっと前に戻ってもいい。

「それなら、ワシの方でも頼みたいことがあってのう」

「なんだ?」

「今、ドラーグ村にもオフトン教の教会を建てておるのだが、オフトン教に詳しいヤツがおらんでな。難航しとるのよ」

そういえばそんな話もあったな。ぜひともウチにある教会より大きく立派な教会を建てて、信者をガンガン引き取ってほしい所だ。だがいざ教会ができても「コレジャナイ」とか言われて結局ウチの村の教会に来るようでは話にならない。これはしっかり協力しないといけない所だな。

「つまり、オフトン教教会に詳しいヤツを派遣してほしいということか?」

「その通りじゃ。……そちらの教会にはシスターがたくさんおると聞いたが?」

ああ、サキュバス達《たち》か。もうすっかりオフトン教シスターが板についてるし、ミサだって行える。あいつらが「これはオフトン教の教会です」って判断するなら問題ないだろうな。

「分かった。オフトン教に詳しいシスターを派遣しよう」

「ほう! 分かっておるではないか貴様。いいか、若いシスターだぞ?」

にちゃぁっとますますの笑みを浮かべるロードル伯爵。

「分かった。若いシスターな。まぁ、あいつも結構仕込んであるし大丈夫だろ」

「ほう、ほう！　結構仕込んであるのか！」

若いといえばミチルになるが、あいつにも十分に四則演算やらオフトン教の心得やらを仕込んである。一応ミサを仕切ることだってできなくもない、前に一度やらせたら結構好評だったし。皆に微笑《ほほえ》ましく見られてたけど。

「教会についてはそのシスターの言う通り作れば問題ないと思うぞ」

「良かろう」

俺とロードル伯爵は握手を交わす。


いやぁ、これで宿も教会も万全だ。いやぁ仕事が楽になる展望が持てて、実にいいね！

あとは適当にドラーグ村の視察でもして帰ろうかな。

ロードル伯爵　Side

ゴレーヌ村の村長であるケーマ・ゴレーヌが、いつの間にか村に戻っていた。ロードル伯爵はそのことを当人からの面会希望を受け取り知った。

「詐欺師が、なぜ戻ってきているのだ？」

ロードル伯爵の予測ではケーマは詐欺師であり、積み重ねた嘘《うそ》がばれないうちに逃げ出したというものであったが、それが帰ってきている。

「まぁ良い。腐ってもワシのために村を作った詐欺師だ、会ってやらんでもない」

そういうわけで、手紙を受け取ってすぐに面会の予定が立った。


だが、素晴らしきドラーグ村を作ったことで、単なる詐欺師が自分から金を巻き上げようと考えている可能性があることに、ロードルは返事を出してから気が付いた。

「となれば、ヤツはきっと『ドラゴンの素材』を見せびらかして優位性を示そうとしてくるはず。先手を打たねばな」

そういうわけで、ドラゴンの素材と言って出すであろうチンケな牙や鱗《うろこ》を先に破壊してしまおうと門番に指示を出す。

「いかなる素材であろうと、鍛冶屋が叩《たた》けば砕け散るであろうよ、カッカッカ！」

というわけで、門番には実家が鍛冶屋という兵士を配置し、金槌と金床を用意させた。身分証明として素材を見せてみろと言えば、きっと自信満々で出してくるハズ。

その切り札ともいえる偽ドラゴン素材を目の前で砕かれる詐欺師ケーマ。その時の顔を想像するだけでニヤニヤが止まらない。その後、意気消沈してるところでこちらに都合のいい条件で約束を取り交わせばいい。

そのように手配し、ついに面会の日がやってきた。

　こちらからわざわざ出迎えには行かない。何、これほど立派な屋敷なのだから見れば気付いて当たり前だ。ロードル伯爵はのんびりと待った。そして、ついに家令から「ゴレーヌ村村長、到着いたしました」と報告があった。

　……若干顔色が悪かったのだが、部下の顔色などいちいち気にしないロードル伯爵は意気揚々とゴレーヌ村村長の待つ応接室へ向かった。素材を破壊され、落ち込んでいる今こそ付け入るタイミングであるからして。


　バンッと扉を開け、伯爵家当主の威光を見せつけるかのように堂々と部屋に入る。

「よく来たな。ワシがロードル伯爵家当主、リンゲン・ロードルだ」

「初めまして。ケーマ・ゴレーヌだ」

　と、挨拶を交わしつつも、ロードル伯爵はあるものに目が吸い寄せられる。……従者の2人が、奇妙な恰好《かっこう》をしていたのだ。具体的には、灰色ののっぺりとした仮面を付けていた。

「……その従者はなぜ仮面をつけているのだ？」

「ああ、そういう趣味なんだ。気にしないでくれ」

「そ、そうか……」

しかしあの服、実に色っぽい。噂《うわさ》通り連れまわしている獣人の幼女はさておき、もう片方の女性は胸が強調されて大変結構なことになっている。まぁ、仮面がそれらをすべて台無しにしているようなところはあるのだが。

「それで、ドラーグ村とゴレーヌ村の今後について話がしたいのだが」

と、ここでロードドル伯爵は敬語を使わないことを指摘し損ねてしまったことに気づいた。だが、今更言うのは情けない。なんということだ、これこそが詐欺師の手口であったか。

「む、あ、ああ。そうだな……今後、うむ」

「できればドラーグ村とはいい関係を築きたいところだ」

「ほう！　それは殊勝な心掛けだな」

こちらの傘下に入りたい、と、そういう意味であるとロードドル伯爵は捉える。だが傘下に入りたいのであれば賄賂をよこせとジェスチャーするが反応が鈍い。

すると後ろに控えていた従者の、体がいやらしいほうがこそりと耳打ちをする。……詐欺師で平民。貴族のジェスチャーは分からなかったらしい。逆にこれが分かるということは、後ろの従者は高級娼《しょうふ》婦か何かなのだろう。

「つまらないものだが、どうぞ」

「ふん、受け取ってやろう」

どうせ大した額ではないだろうが、箱に入った賄賂を受け取る。少し持ってみるが明らかに軽い。詐欺師の賄賂は、やはり見た目だけが立派ということだろう。家令に渡しておく。これに免じて、敬語の件は忘れてやろう。

その後要求を聞いてみると、やはりロードル伯爵の庇護《ひご》下に入りたいようであった。仲良くしたいなどというからには、つまりはそういうことであろう。とりあえずは現状のまま村長をしていろと命じておいた。もっとも、いずれはすべてロードル伯爵が手に入れる心算であり、その暁には多少の優遇をしてやってもいいかとも考えている。


「あ。そういえば」

白々しくそう前置きをして、ようやく本題に入る。

それは、宿屋についての話であった。「ゴレーヌ村といえば宿屋『踊る人形亭』であり、これに村長が最も力を入れている」という話を聞いて、ロードル伯爵は宿屋を真っ先に仕上げるよう指示した。各施設に先だって完成した1軒目の宿屋は連日客が入る程。現在は追撃の2軒目を建設中であった。

「そういえば貴様も宿屋を経営しとるという話だったか？」

「その通りだ。おかげさまで最近は客が減ってきたな」

やはりそこが主な収入源だということなのだろう。『客が減ってきた』という不満を聞いて、ロードル伯爵は思わず笑いを抑えられなくなる。見事に、策が効いていたということなのだから。

「カカカ！　まぁ、今後は貴様の態度次第だ。わかっておろう？」

「助かるよ。以前くらいの客足が丁度いいと思うんだ」

こうして今後の協力を約束させる。これぞ、ロードル家当主の交渉術だ。しかしドラーグ村に宿を建てる以前に戻せとは、中々の要求である。そこでロードル伯爵は交換条件を出すことにした。

「それなら、ワシの方でも頼みたいことがあってのう」

「なんだ？」

「今、ドラーグ村にもオフトン教の教会を建てておるのだが、オフトン教に詳しいヤツがおらんでな。難航しとるのよ」

というのは、建前である。教会なんぞ、どこも大抵同じような造りだし、同じようなものだ。ただ一つ言えば、より豪華に作れば、その分教会の威信があると勘違いした信者が流れてくるだろう、と、ロードル伯爵は確信していた。

「つまり、オフトン教教会に詳しいヤツを派遣してほしいということか？」

「その通りじゃ。……そちらの教会にはシスターがたくさんおると聞いたが？」

どうせ教祖を名乗る詐欺師の手付きなのだろう？　と言外に言うロードル伯爵。

「分かった。オフトン教に詳しいシスターを派遣しよう」

「ほう！　分かっておるではないか貴様。いいか、若いシスターだぞ？」

「分かった。若いシスターな。まぁ、あいつも結構仕込んであるし大丈夫だろ」

「ほう、ほう！　結構仕込んであるのか！」

よもや、ただ手付きにしただけでなく『結構仕込んでいる』ときた。これにはロードル伯爵も思わずニッコリ。

「教会についてはそのシスターの言う通り作れば問題ないと思うぞ」

「良かろう」

教会についての要望はシスター経由で伝えるということで話がまとまり、2人は握手を交わした。


ゴレーヌ村村長が帰ったのち、ロードル伯爵は執務室に戻り家令を呼び出した。

「失礼します、旦那様」

「うむ。なかなかに話の分かる詐欺師であったわ」

クックック、と笑うロードル伯爵。

「しかし旦那様。かのゴレーヌ村村長ですが、どうも本物と思《おぼ》しきドラゴンの鱗を持っていたそうです。門番が、本気で金槌を使ったにもかかわらず傷一つ入らなかったそうで……」

「何!?」

「やはり、ドラゴンを降したという噂は本当なのでは……」

「……いや！　違う、そうではない！　恐らく、それこそがあやつが村に帰ってきた理由であるとみた！」

「と、おっしゃいますと？」

「少しは自分で考えよ！　と、言いたいがまぁ良い教えてやろう。つまりだ、きっとあの詐欺師もいずれは自分の持っている素材が偽物であるとバレると思っていたに違いない。そこで、本物、あるいは本物と言い切れるほどのものを手に入れたのよ！　それでもうしばらくはバレないだろう、と、のこのこ戻ってきたということ。これが真相じゃ」

「ははぁ、なるほど。そういうことでしたか。確かに筋は通りますな」

説明に納得がいったと家令は頷《うなず》く。

「よし、ではあやつからの賄賂を見るとしよう。今日中に、と言っとったしな」

「はっ、ここにお持ちしております」

家令は執務机にケーマから受け取った賄賂の入った箱を置く。

「どれ、いくら入っておるかの……う？」

そして箱を開けると、そこには奇妙なものが入っていた。箱に閉じ込められていた美味《おい》しそうな香りがふわりとロードル伯爵の鼻をくすぐる。

「……なんだこれは？」

「これは……ゴレーヌ村の名物、ゴーレム焼きですな」

「食い物ではないか!?」

「まぁ、かの村長は金であるとは一言も言っておりませんでしたし」

二重底になっていたりしないかを調べるも、まぎれもなく、ただの菓子であった。


「おのれ詐欺師め、ふざけおって！　ええい、こうなったら宿の方を早急に仕上げよ！　他の妨害工作は良い！　とにかく『踊る人形亭』を徹底的に痛めつけるのだ！」

「はっ！　畏《かしこ》まりました旦那様」

1軒目の宿屋は平民用の安宿、2軒目は高級路線の宿屋としている。これが完成したら残り少ないであろう『踊る人形亭』の客のほとんどをドラーグ村に奪える見込みだ。全く、これでせめてちゃんと賄賂を贈ってきていたのであれば、額によっては猶予を与えていたものを……と、ロードル伯爵はひとりごちた。

「あのふざけた詐欺師に目にもの見せてくれる！　まったく……こんなただの焼き菓子をよこしおって、どういうつもりだ？」

と、悪態を垂れつつも摑《つか》んだ菓子の甘い匂いに手が離せない。実はロードル伯爵、甘いものは好きな性質《タチ》だった。

「おい家令。毒見しろ」

「は？　むぐっ！」

強引に家令の口に詰め込み、飲み込ませる。

「……ごくん……お、これは美味《うま》いですな！」

「毒はないようだな。よし、ワシも食べるぞ」

「旦那様お待ちを！　どれかひとつに毒を仕込んであるとも考えられます故、ここはすべて私めが一口ずつ毒見をいたします！」

「ええい黙れ！　毒見は今ので十分じゃ、ワシが食う！」

明らかに自分が食べたいだけだろう、という家令を押しのけ、ロードル伯爵はゴーレム焼きをぱくりと食べた。

「……！　確かに美味いなこれは」

「まぁ、人気の菓子ですからな……」

ロードル伯爵はパクパクと残りのゴーレム焼きを口に運んでいく。家令は残り少なくなっていくゴーレム焼きを羨ましげに見つめつつ、紅茶を入れてロードル伯爵に差し出した。

「……あやつの寄越《よこ》すシスター次第で許してやることも考えんでもない」

「さようですか」

ゴーレム焼きがよほど気に入ったようで、紅茶を口に含みつつ一息つく。

「あるいは、ゴレーヌ村を奪い取った後、あの詐欺師にこれを作らせる仕事をさせてやるのも良いな」

「それは良いお考えかと」

こうして、2軒目の宿屋の建築は一旦保留とされたが——

——その後送られてきたシスターが……幼女であった。

ロードル伯爵は「そういえばあやつは幼女性愛者《ロリコン》であったな……」と呟《つぶや》き、やはりゴレーヌ村、特にケーマの『踊る人形亭』には容赦しないことに決めた。

ケーマ Side

ドラーグ村の村長ことロードル伯爵と話し合いをしてから早数日。

俺が村に戻ってきたのはすっかり周知され、ついでにゴゾー達《たち》も村に帰ってきた。というか、どこに寄り道していたのか俺達の方が先に帰ってきていたようだ。これならもう少し帝都でのんびりしててもよかったかもしれない。

話し合いについてはウォズマがイチカから話を聞いて「はぁぁ」とやはり深いため息をついていた。なぜ俺に聞かないのか。いやまぁイチカのほうが客観的に報告できるからなんだろうけど。俺も報告面倒だから助かるけど。

「村長。本当に宿は客足が遠のいても宜《よろ》しいので？　ゴブリンの巣になりますよ」

「いっそ誰も来なくなればたっぷり眠れるな」

ウォズマは俺の心意気に感動してくれたのか、目頭を押さえた。

「いや、呆《あき》れてますからね村長」

……一々言わなくてもわかってるよ。

余談だが、「ゴブリンの巣になる」とは「閑古鳥が鳴く」と大体同じ意味の熟語である。

今度ワタルに使ってやろう。


そして話し合いの後すぐ、オフトン教の教会に詳しいシスターとしてミチルをドラーグ村に派遣した。その護衛兼大工指導員につけたクーサン（ゴレーヌ村幹部の一人。村の家の9割はこいつが建てた）のおかげもあり、あちらの教会もばっちり良いものができそうだ。ミチルは「オフトン教シスターとして、大工たちに文字の読み書きや計算を教えてるの！」と得意げだった。オフトン教シスターってそういう仕事だったっけ？　と思いつつも、俺は何も言わないことにした。

「教会もですか……村長。一応聞きますが、なぜスライムに生肉をやるような真似《まね》を？」

「ガラガラのほうが隣を気にせず眠れるしなぁ」

ウォズマは納得してくれたのか、顔を両手で覆ってうつむいた。

「いや、呆れ果てて頭痛がしてるだけです」

……だから分かってるって。

更に余談だが、「スライムに生肉をやる」は「敵に塩を送る」と大体同じ意味の熟語である。これも今度ワタルに使ってやろう。


そんなこんなで、ロードル伯爵との約束通りにあちらの村でも2軒目の宿屋が出来たらしい。

「見かけは悪徳貴族っぽかったけど、良い人だなロードル伯爵」

「そう思ってるのご主人様だけやで？」

イチカがなんか言ってるが、これで俺たちの宿もすっかり人が来なくなり、ドラゴン騒動以前のようなのんびりした日々が訪れるはずだ――……と思っていたのだが。


「ケーマ、少しいいかしら」

俺が部屋でぐーたらしようとしていたら、ロクコがやってきた。

「ん？　どうしたロクコ」

「なんか宿がまた忙しくなってきちゃって。従業員を増やしたいんだけどいいわよね？」

その言葉に俺は耳を疑った。

「今、忙しくなったって言ったか？」

「言ったわよ」

「な、なぜだ？　ドラーグ村に2軒目の宿屋ができたはずだろ？　普通に考えて宿泊客は減るはずじゃないか」

「……まぁ、それがねぇ……」

むしろドラゴン騒動の時並みに忙しくなっているそうな。全く訳が分からない。

「……なんで増えてんの？」

「そう言うと思って、原因を調べておいたわ」

「おお。最近のロクコはほんと優秀だな」

といういわけでロクコの調査結果を聞くことになった。


「宿泊客が話してた内容をまとめるとね。あっちの2軒目――高級路線の宿屋がショボいらしいわ」

曰《いわ》く、高級路線で売り出している2軒目の宿屋だが、値段はこちらの宿の一般部屋の倍、1泊銀貨1枚、食事も別料金。ここまではまだいいかもしれないが、部屋の豪華さが微妙で、どうにも寛《くつろ》げないという。

広さだけはこちらの一般部屋2部屋分くらいのスペースがあり、置いてある家具もそこそこ良いものを使っているらしいが……寝具があまりよろしくない。毛布を数枚重ねた上にシーツをかけたベッドは一般的に見て確かに高級品なのだが、こちらの一般部屋のオフトンに劣る寝心地らしい。しかも【浄化】が不十分なのか臭いんだとか。

「高級路線ということは、お金を持ってる商人が対象になるじゃない？　でもこの街道を通る商人はほとんどがオフトン教信者よ。だから寝具がダメな時点でほぼダメね」

「は？」

　思わず聞き返してしまった。

「なんでそんなにオフトン教信者の商人がいるんだ？」

「だって、ケーマが『オフトン教信者にはプリンかカラアゲをサービスだ！』って言ってたじゃないの。ほとんどがアレ目当てで入信してるわよ」

　そういえばそんなサービスもしてたっけ……忘れてた。で、ここで宿を取ろうという商人は確実に『踊る人形亭』の利用者だったわけだ。ついこの間まで他に宿屋なかったわけだし。

「でもだからって、そんな理由で入信した奴《やつ》が寝具に拘《こだわ》るほどのオフトン教徒ってわけでもないだろ？」

「切っ掛けはどうあれ、オフトン教に入ったうえで宿のオフトンを味わってるのよ。そりゃ、比較しちゃうようになってもおかしくないでしょう？」

　しかも高級宿に泊まろうって金持ちな商人は、大体自分用のオフトンを入手して愛用しているらしい。『欲望の洞窟』でのドロップ品のほか、教会にも販売用オフトンを供給しているため入手することは難しくない。

「マイオフトンを持っちゃうレベルのオフトン教徒が、寝具に拘らないと思う？」

「……なるほど、つまり、寝具に肥えてると」

金持ちの商人たちは、生半可な寝具では満足できない体になってしまったということだった。

「店持ちの商人は客間にもオフトンを置いて布教《じまん》してくれてるそうよ？」

そういやツィーア領主の屋敷の客間にもオフトンがあったっけ。あんな感じかぁ。


「それで次に」

「他にもあるのか」

次に、高級路線の目玉サービスとして『お湯が使い放題』というのがあるそうだが……

「これも普通に考えて、ウチのほうが上ね」

この『お湯が使い放題』というのは、お風呂に入り放題という意味ではなくて、いわゆる桶《おけ》にお湯を入れたものが使い放題、という話で。……一方、ウチは温泉に入れる。一般部屋でも宿泊客なら入り放題。比べるまでもない話だった。桶に温泉汲《く》んで部屋に持っていくのも一応アリだしな。

「反論のしようがないな」

「普通に考えて、山の中でお湯使い放題ってのは結構なサービスなんだけど……って言ってたわね」

温泉掘り当てちゃってるもんなぁ。ウチの宿。

「さらにおまけに」

「まだあるのかよ」

追撃で、別料金のご飯だがこれもまぁパッとしないというか、パヴェーラで普通に食べられる魚料理が結構な値段になってたりするそうな。普通に考えれば輸送費分はしょうがないと言うべきところなのだが、輸送にあたって食材の鮮度も落ちており……「じゃあパヴェーラで食べるからいいよ」って感じらしい。

「メニューも少ないらしいわ」

「……ウチのメニューが多いのは否定しない」

今更減らすのもなんか違うしなぁ。

「まぁ、それであっちの宿がダメな理由は分かったんだが、それでどうしてウチの宿が繁盛するんだ？　客が減らない理由は分かったが、増えた理由が分からん」

「『高級宿より良い宿に、お手頃価格で泊まれる』って噂《うわさ》らしいわよ？」

……なんともまぁ。皮肉なことに、一応はちゃんと高級宿としての体裁を整えているあちらの2軒目。その対比でウチの宿の名声が上がってしまったということらしい。

「どうしたもんかな……」

「だから従業員を増やそうと思って。いいでしょケーマ」

「分かった。そういうことならバイトを雇うなり新しいモンスター呼ぶなり、好きにしてくれ。任せたぞロクコ」

「はーい、任しといて。まぁ忙しいのは食堂だから、バイトで十分ね」

といいうことになった。


「そういえばケーマ、聞き忘れてたんだけど、ボススポーンの実験は進んでるの？」

「……それな」

実は俺もただ寝ていただけではない。純オリハルコンで親指サイズの小さいゴーレムを作り、ボススポーンに登録してみたのだ。で、【クリエイトゴーレム】で鋳つぶした。

実験開始してから5日、まだ復活しない。親指サイズで時間どんだけかかるというのだろう……切り替え不可になってたからクールタイム中、つまりゴーレム復活中ってことは間違いないと思うんだが、せめて残り時間を表示してほしい。レッドドラゴン（『父』曰く2週間）よりかかる可能性もあるか？　親指サイズのアイアンゴーレムは5分でスポーンしたんだけど、やっぱり純オリハルコンってのが時間のかかるポイントなのだろう。

「というわけで、『これでオリハルコン量産して使い放題だぜひゃっはー！』とはいかないらしい」

「D《ダンジョン》P《ポイント》注げば早く復活するって言ってたけど、それもどのくらい早くなるのか分からないわよね。……というか、よくよく考えてみたら純オリハルコンの親指サイズゴーレムって普通にヤバくないかしら、倒せなくない？」

「ん？……言われてみれば、オリハルコンだもんな」

　髪の毛ほどの太さしかないワイヤーでも曲げることがほとんどできない金属、オリハルコン。それこそ程よい長さのワイヤーに柄を付けるだけで超強いレイピアになるレベルだ。

　それがゴーレムで、しかも親指サイズである。純オリハルコンなので運動性能がやたら良く、小さすぎる体に攻撃はまず当たらないし当たっても硬すぎて破壊不可。ついでに魔石つけてないから魔石破壊によるショック死もない。魔法攻撃は効くんだろうか？　オリハルコンって魔法にも強そうな感じするなぁ……

「倒すには殴ってマナを散らす……にしても、オリハルコン製の武器がないと話にならないんじゃないかしら」

　……やべぇ、ウチのダンジョンのラスボスが生まれてた。

「ねぇケーマ。ケーマの作れるゴーレムって、最小でどれくらいなの？」

　ニヤリとロクコが口端を上げた。ああ。何を考えてるか察しがついてしまった。

「……おいロクコ、お前とんでもない事考え付きやがったな？」

「ふふふ。広いボス部屋で豆粒みたいなサイズのオリハルコンゴーレムなんて、まず探すのが困難よね！……どーよ。褒めても良いのよ？」

ドヤ顔のロクコ。だが今回のはさすがにドヤってもいいレベルで凶悪なギミックだ。さすがに豆粒サイズとかは作ったことないから分からんが、指輪サイズならいけることは間違いない。それが石畳のスキマとかに隠れてたら見つけられる気がしないぞ？

しかも仮に見つけたとしても討伐は極めて困難ときたもんだ。

「……うん、今回は普通に素直に褒めてやろう。すごいぞロクコ」

「ふぇ!?」

頭をなでなでしてやる。金髪がさらさらで良い撫《な》で心地だ。

「ちょ、ちょっとケーマ……いつもなら本物かーとか言ってからかうところじゃないのこれ。こ、こんな普通に褒められるとかっ、私、そ、想定してなかったんだけどっ」

そういうロクコの顔は、真っ赤になっていた。そんな、もじもじと身をよじるロクコの頭を引き続き優しくナデナデする俺。

「いや、マジで凄《すご》いぞ。成長したなロクコ！」

「あう、あうあう」

「ロクコも一人前のダンジョンコアってことだな、さすが俺のパートナーだ。鼻が高いぞ」

「～～ッ！　ま、まぁ、ケーマのパートナーだもん、当然よねっ！」

「しかも可愛《かわい》い。よーしよしもっとナデナデしてやろう」

「きゃわっ!?　そ、そぉ?って、や、やっぱりなんかからかってない!?」

「失敬な。こんなにも褒めたたえているというのに何が不満なんだ？　両手か？　両手使って欲しいのか？　今なら両足付けて撫でてやってもいいぞ」

「足で撫でられて嬉《うれ》しいのってケーマくらいじゃないかしら……」

「さすがに足は冗談だ」

　足フェチの俺としては足で撫でられたらちょっと嬉しいけども。

　まぁ褒め殺しでからかうのはこれくらいにしておこうかな。と、切り上げようとしたその時。

「ね、ねぇケーマ。そんなに褒めてくれるっていうなら、その、ご、ご褒美にぃ……」

「ん？　ご褒美に？」

「……してもいいのよ？　キス、とか」

　頬を赤く染めてもじもじしつつ言うそれは、思わず「うぐっ」と胸が詰まるくらいの破壊力を伴って俺を突き抜けた。

「そ、それは、また今度な」

「ん、分かった。約束ね」

　誤魔化した俺に、そう言ってにへっと小さく笑うロクコ。……うん。うん……もう覚悟決めた方が良いかなぁ。色々。

「と、とりあえず、宿のバイト増やしてくるわ」

「……おう」

そう言って、ロクコは部屋から小走りで出て行った。

……あ、それと宿が安値なのが原因で人が来てるなら、単純に値上げをすれば色々解決したのでは？　とも思いついたけど、それはそれでレジスターゴーレムの再調整等が面倒くさいので言うのは止めておいた。

ロードル伯爵　Ｓｉｄｅ

「なぜだ!?　どうなっている、どうして宿に客が入らない!?」

ロードル伯爵は、バンバンと執務机を叩《たた》く。家令から2軒目の宿屋、『竜のねぐら亭』についての報告を受け、明らかに苛立《いらだ》っていた。高級路線のこの宿は、ロードル伯爵の考えた高級宿のサービスを盛り込んだ宿屋であり、『踊る人形亭』にトドメを刺すはずの一手だった。

しかし現状はどういうわけか、1軒目の安宿『竜の足跡亭』にはそこそこの客が入ってくるものの、『竜のねぐら亭』にはほとんど客が入らず――そして何故《なぜ》か『踊る人形亭』は以前の客入りを取り戻していた。

「どうなっている！　高級宿だぞ!?　しかも可能な限り安くしてやったにも拘《かか》わらず、なぜだ！」

「わ、分かりません旦那様」

「分からないではない！　だから貴様はダメなのだ！」

ロードル伯爵は頭を働かせる。貴族は伊達《だて》ではない、こういう時の原因を考えるだけの頭がある、それが貴族が人の上に立つことのできる理由なのだから。

「ワシの宿は悪くないはず……つまり、あちらに原因がある……？」

「そういえば、宿の従業員が宿泊客から噂話を聞いていた、というのを聞いておりました。なんでも、あちらもお湯は使い放題で、食事と寝具もあちらの方が良い、その上安いと。そして、従業員も増やしたとのことです」

『踊る人形亭』についての情報。それを聞いたロードル伯爵の頭の中で、パチリとすべてが噛《か》み合った。

「……なるほど！　分かったぞ！」

「おお、流石《さすが》は旦那様！　で、どうしてなのでしょうか？」

「うむ！　あやつらがワシの宿に対抗し、同じように高級宿のようなサービスを始めたに違いない！　その上でワシらの宿よりも値段を下げたのよ！」

それは、簡単な推理だ。似たようなサービスがあれば、あとは安い方を選ぶ。そういうものだ。ロードル伯爵はケーマ達《たち》が無理をしてサービスを追加したと考えている。

「だが、きっと奴《やつ》らは無理をしている。きっと長続きはしまい！　宿はこのまま続けるのだ！　こんなこともあろうかとワシの宿は無理のないギリギリの金額設定にしているからのう、付け焼刃の無理があるサービスではいずれ破綻するわ！　カッカッカ！」

「流石は旦那様でございます！」

ロードル伯爵の慧眼《けいがん》により、高級宿『竜のねぐら亭』はこのまま続行することが決まった。


だが、あちらが破綻するのを待つだけというのも芸がない。ロードル伯爵はそう考えた。

「そうじゃ、ワシはここで崩壊を加速させる手を打つことにしよう」

「と、おっしゃいますと？」

「うむ！　ならず者を送り込むのよ！　なぁに、あやつの宿は下賤《げせん》な冒険者どもが集まるような野蛮な宿、ワシらが送り込んだところで足がつくはずもない！　パヴェーラのスラムにいる小悪党に小銭を握らせ、あやつの宿に行かせるのだ！」

宿屋で暴れさせれば評判も落ちて客が減るだろう。その分、『竜の足跡亭』と『竜のねぐら亭』に流れてくるはずだ。

「かしこまりました旦那様。すぐ手配いたします」

「うむ。よきに計らえ」

今度こそ、『踊る人形亭』はお終《しま》いである。泣いて許しを請うゴレーヌ村村長の姿を思い浮かべ、ロードル伯爵はぐふりと笑った。

ケーマSide

その日は特に何事もない素晴らしい一日だった。

人が増えたことによる対応だが、宿——というか食堂——の従業員もバイトを雇って増やしたし、そもそも以前のドラゴン騒動の時に野宿できる場所を周知したり、一般部屋が満室になったら教会を開放するみたいなノウハウももう確立している。

人間、慣れるものだ。忙しい忙しいと言っても、こうしてニクを抱き枕に寝る余裕くらいはあるしな。と、抱き枕にしていたニクがもぞりと俺の方を向いた。

「ご主人様」

「ん？　どうしたニク」

「今日は5人、こらしめました」

ふんす、と自慢げに尻尾を揺らすニク。俺が「良くやったな」と頭を撫でてやると、更にぶんぶんと尻尾が揺れた。タオルケットがめくれ返る勢いだ。

「へぇ、少し多かったんだな」

「はい」

人が多いとイチャモンつけてくるやつも増える。これもドラゴン騒動の時によくあったことで、今更特筆するほどの事でもない。むしろ最近増えてる分は商人が多いため平和的とも言える程だ。ま、チンピラなんかも来るけどこれは前からだ。

「……人が増えるとそういう事も多くなるよな」

「わたしとしては、ご主人様のために活躍できるので嬉しいです」

「うん、いつもありがとうな、ニク」

しかし相変わらずウチの子は強いな……ゴーレムアシストがあると言っても強すぎる。頼もしくて可愛いとか最高かよ。

「首根っこを摑《つか》んで、ポイでした」

「ハハハ、そうかそうか。さすが俺のニクだ」

「はい、ご主人様のニクです……ふふん」

自分で餌をとってきたのを自慢するペットを空想しつつ、俺は眠りに落ちるまでニクを撫でてやった。

ロードル伯爵 Side

「……失敗しただと？」

「はっ！　旦那様の指示通りにスラムのならず者に金を握らせ、向かわせたところ……宿にいた冒険者が即座に鎮圧したとのことです。あの宿には、守り神が居るとか」

　足跡を残すわけにもいかないので何人かを通して聞いた話ではあるが、要約するとそういうことだった。

「む。そうか……ふん、下賤な宿は下賤な者への対応も慣れているということか。警護を雇っているとはなかなかやるではないか。そうなると、スラムのチンピラ程度では相手にならんな」

「ならず者は即座にギルドへ突き出され、労働奉仕の処罰となったそうです」

「ふん、失敗したやつらの末路などどうでもいいわ。次の手段だ。一旦宿ではなく、他から攻めてみるとしよう」

「と、おっしゃいますと？」

「あやつの村の名産品、ゴーレム焼きと言ったか？　あれを封じてやるのよ。アレは甘かっただろう？　つまり、砂糖が使われていると見た」

「なるほど、確かにハチミツ等ではなく砂糖の味わいでしたな」

　ゴーレム焼きの味を思い出し『あの風味はハチミツではなかったが、ハチミツをかけたら更に美味《おい》しくなるのでは？』と少し思考がそれつつも頷《うなず》く家令。

「つまりはパヴェーラからの輸入品を使っているということよ！　砂糖をせき止めるのだ！」

「お、お待ちください旦那様！　それはつまり、税関を設置して砂糖を通さないということでしょうか、流石にパヴェーラ領主様の許可もなくそのようなことは……」

「バカ者！　そんな事をしてはパヴェーラ家に何をされるか分からんだろう！　来た砂糖を全て！　買占めるのだ！　ドラーグ村で！」

「な、なるほど。それであれば……すぐ手配いたします！」

ケーマ Side

村を散歩していると、フードを被《かぶ》った子供に話しかけられた。

「おっ！　おっちゃん、遊びに来たよ！」

「ん？　ああ、イグニか」

フレイムドラゴンのイグニ。本来の姿であれば今頃大騒ぎなところだが、しっかり人化して可愛い女の子の姿でやってきていた。嚙まれたら痛そうなギザギザ歯でニカッと笑うイグニ。

「……謹慎は良いのか？」

「……大丈夫！　かーちゃんには言ってきたから！」

なるほど。まぁそれなら別に良いか……イッテツはレドラに頭が上がらないし。

「で、またゴーレム焼きを買いに来たのか？」

「うん。あ、かーちゃんにもお土産頼まれてるんだよね。フレイムドラゴン焼き。残ってるかなぁ？　アタシも食べたいんだけど」

「そっちは限定品だからなぁ……」

日に数個しか作らないレア商品だ、すぐ売り切れてしまう。なにせ激辛トウガラシペーストを作るのが面倒なので。

「無かったら普通のドラゴン焼きでいいって」

「そっか。まぁそっちなら普通に売ってるだろうな。というか、金はあるのか？」

「うん。かーちゃんからお小遣いもらってるし」

ちゃんと普通に買い物ができるくらいに、すっかり馴染《なじ》んだなぁイグニも。


と、イグニと雑談しつつゴーレム焼きの屋台まで行く。

「ゴーレム焼き5つ。あとフレイムドラゴン焼きは残ってるか？」

「あっ、村長。すいませんフレイムドラゴン焼きは売り切れっす」

ちぇー、と残念そうに口をとがらせるイグニ。

「じゃあ普通のドラゴン焼きちょーだい！　かーちゃんのおみやげにすんの！」

「あいよっ！　いつもありがとねお嬢ちゃん」

そう言って、注文を受けてからゴーレムとドラゴンの型にそれぞれ生地を流し込み、焼く。甘い生地の焼ける良い匂いが広がった。

「お、これこれ。やっぱりこのニオイがゴーレム焼きって感じだよねー」

くんかくんかと匂いを嗅ぐイグニ。おい、ちょっと角生えてんぞ。

「相変わらずドラゴン焼きの方が人気か？」

「そっすね。でもゴーレム焼きも売れてますよ、商人はゴーレム焼きの方が量が多くて得だなんて言って買いますから」

「なるほどな……ん？」

　ふと見ると、調味料の砂糖の壺《つぼ》が多く置いてある気がした。


「なんか砂糖多くないか？」

「あ、コレっすか。今ダインさんの要請で売る用の砂糖を作ってるんすよ。そっちに回すためのヤツっす」

「へぇ？　そりゃまたどうして」

「なんか知らないんすけど、商人が『砂糖を売ってくれ！』って言ってくるもんだから、作れば作るだけ売れるんだそうで」

　なるほどなぁ。幸い、ウチの食料自給率は畑を開拓してることもありかなり高い。ましてやその畑もダンジョンの影響下にあるためかかなりのペースで収穫できる。しかもゴーレム焼き屋台をやってるこいつらは、確かツィーア領主ボンオドールから気候をある程度調整する魔道具まで貸与されてたよな……つまり、砂糖の原材料であるテンサイを、作ろうと思えばいくらでも作れるというわけだ。

「土の方は痩せたりしてないか？」

「大丈夫っすね。ダンジョンが近いおかげだと思うんすけど、本に書いてあった連作障害ってのもなさそうっすよ」

　もしかして、土の栄養素もダンジョンの修復範囲で補給されたりしてるのか？……仮にしててもＤ Ｐ《ダンジョンポイント》消費も気にならない程度だからいいか。多分畑仕事してる奴からとれるＤＰの方が多いだろうし。

「あ！　砂糖、勝手に売っちゃ不味《まず》かったっすか!?」

「いや。元々売れるならそれでいいと思ってたんだ。思いの外パヴェーラからの輸入品が多かったからそんなに取り扱ってなかっただけで。そこはダインに任せてある」

「なるほど。了解っす！」

　ちなみに作ったテンサイを砂糖にするのはキヌエさんの仕事。対価として砂糖１割分は宿で貰《もら》っているはずだ。……うん、そんなに作って売ってるなら、宿の方の砂糖も多少は売り払ってよさそうだな？


　と、そんなことを考えている側《そば》で、焼きたて熱々のゴーレム焼きを早速齧《かじ》ってるイグニがいた。

「やっぱりゴーレム焼きは焼きたてが一番ウマいな！」

「嬢ちゃんいつも美味しそうに食べてくれるから嬉《うれ》しいねぇ。よし、特別に明日、フレイムドラゴン焼きを１つ取り置きしておこうじゃないか。来れるか？」

「ホントか！……あ、でもかーちゃんの分も欲しい……」

「くっ、母親想《おも》いの良い子だ……分かった！　2つ分な！　その分ペースト多目に作っておいてもらうからな！」

「やった！　かーちゃんも喜ぶ！　ありがとな、にーちゃん！」

……うん、イグニこう見えて300歳だから人間の数歳くらいの誤差で変わんないんだろうけど、屋台の店主（一般冒険者）がにーちゃんで俺はおっちゃんなんだよなぁ。いや、父親《イッテツ》の友達だからおっちゃんなだけなんだけどね……事情は分かってるけど、やっぱり複雑なとこあるな？

ロードル伯爵　Side

「……どうなっておる!?　ゴーレム焼き、普通に売られとるではないか!?」

子飼いの兵士にゴーレム焼きを買いに行かせて、買えないことにイチャモンを付けさせようと思って向かわせたところ――なんと普通に買えてしまった。

「それなのですが、どうやら砂糖……ゴレーヌ村で独自に調達できているそうで……」

「何ィ!?　砂糖を……まさかあの村のダンジョンでは砂糖が獲《と》れるとでもいうのか!?」

「わ、分かりません！　ですが砂糖の買占めは効果が見込めないのではないか、と愚考する次第です……」

弱々しく頭を下げる家令。ロードル伯爵は苛立《いらだ》ってバンバンと執務机を叩《たた》いた。

「くそう！　買占めは止めだ！　次だ次！」

「旦那様、次はどのように……？」


ぱくり、とゴーレム焼きを一口で口に詰め込んで食べるロードル伯爵。少し落ち着きを取り戻す。

「うむ、実はワシも独自に調査を進めていたのだが……あやつ、宿を隠れ蓑《みの》に『ネズミレース』なる催しを開催しているらしい」

「あ、聞いたことがあります。たしかネズミを走らせ順位を競うというものですよね」

「うむ。そして勝つネズミを予想するという賭け事も行っているとのことだ」

「賭け事ですか！」

「レースに賭け事は付き物だが、まさかネズミでやるとはな。さすがは詐欺師よ」

ネズミ。そんなどこにでもいるような汚らしい小動物をわざわざ集め、走らせる。なんとも小汚い、詐欺師にぴったりなレースである。

「ワシは詳しいからよく知っているのだが、賭け事というものは必ず胴元が儲《もう》かるようにできている。つまり詐欺師の資金源はここにあると見たわ。これを潰すことで、あやつも反省しワシに頭《こうべ》を垂れるであろう」

重要な資金源を潰され、今までの非礼を詫《わ》びるゴレーヌ村村長を想像し、ロードル伯爵は今度こそこれを現実として見せると笑みを浮かべる。

「流石《さすが》旦那様です！　で、どのように」

「ワシの方でもレースを開催するのよ！　あやつにできて伯爵であるワシにできない道理はない！　あやつよりも大々的にやるのだ！」

ロードル伯爵の頭には、失敗する光景は一切無い。貴族は平民より優れており、頭も金も人手もある。であれば、平民ができるようなことで、できないことなど何もないはずであるからだ。

「なるほど、では早速ネズミを集めてまいりましょう！」

「カッカッカ！　あの詐欺師に目にもの見せてくれるわ！」

ついでに賭けの胴元になることで大儲けである。まだ見ぬ金貨の山を夢想し、ロードル伯爵は上機嫌に笑った。

＃　ケーマ　Side

食堂にて食事をとっていると、普段は料理を作っていて厨房《ちゆうぼう》から顔をのぞかせる程度のキヌエさんが休憩を兼ねて俺の隣に座ってきた。

「マスター、実は気になる噂《うわさ》を小耳にはさんだのですが」

どうやら話したいことがあるらしい。

「ん？　キヌエさんが気になる噂ってのも珍しいな。なんだ？」

「はい。なんでも、ドラーグ村でネズミが大量発生したという話です」

「ネズミの大量発生？　なんでまたそんなことが？」

「これは私の推測なのですが」

と、前置きをしてキヌエは眼《め》をきらりと輝かせた。

「恐らくあちらの村はとても汚いのではないでしょうか。村単位で——ああ、きっとそこらに食べかすが散乱し、景観は乱れ、壁は黒ずみ、ネズミの糞《ふん》や死骸が散乱し——とてつもなく不衛生極まりないことになっているのではないかと」

「……変な病気が広まったりしなきゃいいんだけどなぁ」

「はい。困りますよね？　ですので、今度私があちらの村を掃除しに行ってもよろしいでしょうか？」

目をキラキラと輝かせるキヌエさん。お家妖精《シルキー》の掃除好きな本能が『汝《なんじ》、すべてを掃除せよ』とでも訴えているのだろうか。というか隣村も家に含まれるの？　あ、ダンジョン圏内だから俺の家扱いなのだろうか。

と、そこに同じく食堂で飯を食べていた商人が話に入ってきた。常連の行商人である。

「あー、違う違う。ちょっと噂が違いやすよ」

「ん？　そうなのか？」

「なんでもあっちの村、ネズミレースを開催しようとしてネズミを集めたそうなんすよ」

ネズミレースといえばウチの宿の遊戯室でやっているお遊びだ。結構な人気がある。

「それで、箱に入れてたんですが……増えた上に脱走したってぇ話でしてね」

「あー」

ウチの宿でやっているネズミレースだが、実はこれに使っているネズミはただのネズミではない。元こそグレイラットと呼ばれる種——いわゆるただのネズミ——なのだが、なにせ最初の時点でダンジョンの言うことを聞く飼いならされたネズミなのだ。しかもレースにあたって名前を付けたらネームドという事になっており、さらに賢くなっている。八百長もといレースの演出なんかも自由自在なほどだ。そりゃもう野生のネズミなんかとは比べ物にならない。

野生のネズミをただ捕まえて集めただけとなると、そりゃ言うことも聞かないし勝手に繁殖もするだろう。木箱に入れとこうもんならカリカリ齧って穴をあけ、脱走だってするだろう。餌やトイレなんかも面倒この上なくなるはずだ。

「……でもそれなら、やはりあちらの村はとても汚くなっているのでは？」

「裏や家の中までは知らないっすけど、表はなんとか体裁を整えてきれいにしてるって話でやす」

「む……そうなんですか」

　キヌエさんががっかりと肩を落とす。ドラーグ村については部外者ということになるキヌエさんでは、掃除できる範囲に限りがあるのだ。ダンジョン領域にあっても、さすがに人の家の中までは勝手に入り込んで掃除するわけにもいかない。

　もっとも宿の布団の中にもネズミが潜り込んでくるとのことなので、宿に泊まって自分の部屋を掃除する分には良いだろうが……うん、これもキヌエさん的にはお気に召さない提案のようだ。

「宿の掃除は、その宿の従業員の仕事なので……人の仕事を奪うのは、気が引けます」

　そういうことらしい。あくまで自分の仕事として、自分のできる範囲でやるのがポイントなのだろう。

「殺鼠《さっそ》団子でも作って売り込んでやるか。キヌエさん、材料とレシピ渡したら作る？」

「……！　はい！　お任せください！」

　というわけで、掃除（意味深）に通じるアイテムをキヌエさんに作らせることになった。『団子』と言い張ればキヌエさんの【料理人】スキルが効いて効果も上がるかもしれないな。

「お、ネズミ殺しでやすか！　買いやす！　今ならいくらでも売れそうですし！」

「それ、俺にも売ってくれ！」

「キヌエさんの手作り……アリだ。むしろネズミにはもったいない……」

「自分で食うんじゃないぞ？　毒だから」

話に聞き耳を立てていた商人連中が儲けのニオイを嗅ぎつけて寄ってきた。はいはい、予約承りましたよっと。この収入についてはキヌエさんのお給料に追加な。

ロードル伯爵　Ｓｉｄｅ

「散々な目にあったわ……！」

逃げ出したネズミが家の柱をかじるわ、糞をまき散らすわ、宿のベッドに潜り込んで巣を作るわと大変な目に遭ったものの、行商人が持ち込んだ『殺鼠団子』という商品により事態は終息した。

「いやはや、『殺鼠団子』なる商品には助けられましたな」

「全くよ。これを作ったのはあの詐欺師の宿の料理人だという話だったな？　ゴレーヌ村を奪い取った暁には優遇してやらねばなるまいて」

と、ここでロードル伯爵は何か面白い事に気付いた。

「あの宿の料理人がネズミを殺す薬を作っているとは。ククク、そうかそうか、あやつは部下に人望もないと見える。そのうちネズミレースは部下からの反乱で破綻するに違いない、放っておいてよかろう」

ま、その前にワシがモノにする方が先だろうがな、とロードル伯爵は頷《うなず》く。

「しかし『理想の上司』とか言う噂もあったのう？　化けの皮が剝がれておるがなぁ！」

「いやはやまったく、旦那様のおっしゃる通りで」

ケーマの横顔に一撃を入れたようないい気分になり、ロードル伯爵はカッカッカと笑う。


「さて、次はどのような手で行こうか……」

ひとしきり笑ったところで、次の一手を考える。

「旦那様。それはさておき、教会が完成いたしましたよ」

「ふむ？　教会？……おお、そういえば作っておったな、忘れておったわ」

お手付きのシスターを貸し出せと言ったら幼女が送られてきてガッカリして以来、すっかり頭の中から抜け落ちていたオフトン教教会。色々あったが作業は着々と進み、つい先日完成したとのことだった。

「うーむ、結局教会はあやつの要望通りに作ったのであったな。いっそ火をつけて無かったことにしてやろうか」

「せっかく作った教会ですし、活用した方がよいかと思われますが」

「まぁ、そうじゃな。別に教会があったところで悪いこともあるまい。……お、そうじゃ！　良いことを思いついたぞ！」

「お、来ましたね旦那様！　して、いかがなさるおつもりで？」

わくわくとした面持ちで尋ねる家令。フッ、とロードル伯爵は笑う。

「教会を建ててやったのだ、祝い金をあやつから徴収する！」

「ほぉ、祝い金を」

「とはいっても、あやつに金を期待するのは間違いじゃ。そこで！　あやつのお得意なゴーレム焼きを存分に振舞ってもらおうではないか！」

そう。完成祝いのパーティーと称し、ゴーレム焼きを山のように作らせるのだ。作り上げたゴーレム焼きは、参加者全員に無償で振舞ってもらう。

「全員に無償で、ということは……私めにも？」

「うむ！　腹がはちきれるほど食わせてもらうが良い！」

「すばらしいお考えかと！　かつてない素晴らしさでございます！」

家令はさすがの慧眼《けいがん》に感服せざるを得なかった。

「詐欺師であるあやつには無償でゴーレム焼きを振舞うなど屈辱に違いない！　すぐ手配せよ！」

「はっ！」

ロードル伯爵は今度こそ悔しがるケーマの姿を思い浮かべ、なんかそれほど悔しがりそうにないのでは？　と思いつつも、やはりそんなことはない悔しがるはずだと思い直した。

ケーマ Side

　ドラーグ村の教会が完成したらしい。そこで、ロードル伯爵から『完成祝いにゴーレム焼きの大食い大会を開催せよ』と要請があった。あの伯爵、何気にゴーレム焼きが気に入ってるみたいでちょくちょく部下に買いに来させたりしているんだよな。ある意味お得意様だ。

　ネズミ騒動で大わらわだったので、生憎《あいにく》だが金はない、とも書かれていた。要するにタダで振舞えということだろう。

「ま、教会建ててもらったんだし良いだろ」

　というわけで、ドラーグ村オフトン教教会で大食い大会を行うことになった。ついでにドラーグ村のオフトン教会の視察も行うことにする。がっつり関係者なミチルと、シスター長のスイラを連れて行くとしよう。

　教会でミサをやったときにその旨を伝えておく。

「というわけで、今度ドラーグ村にできたオフトン教教会に視察に行くからよろしく」

「わかりました、お供いたします。……ミチルの作ったオフトン教教会、楽しみですね」

「ふっふっふ、私頑張りましたよ！　覚悟しておくといいです」

　お供はこの2人がいれば大丈夫だろう。ご近所だし。

　……あ、当日新しいシスター服を支給するからね。その、妙にぴっちりしてる、サキュバスの魔力《マナ》で勝手に魔改造されたシスター服は使わないでね。

そうしてすぐ大食い大会兼教会視察日当日になる。と、オフトン教の2人を連れてロードル伯爵に軽く挨拶に行ったが、不在だった。なんか大食い大会のために散歩して胃袋のコンディションを整えているらしい。どんだけ楽しみにしてるんだ？ と思いつつ、教会へ向かう。……道中、シスター服に身を包んだスイラに視線が集まるのは、さすがは美人シスター（サキュバス）と言えよう。


で、街道の大通りからほど近いところにドラーグ村オフトン教教会は建っていた。周囲にはまだ何も建っておらず、広場となっている。

「どーですか！　これが私がつくったオフトン教教会です！」

えっへんと平らな胸を張るミチル。とりあえず外見は普通に教会でホッとした。

「よしよし、まず外見はちゃんとできてるな、えらいぞミチル」

「えへへ～。それじゃ、案内しますねっ！」

ミチルに連れられ、教会の中に入ると――そこはゴレーヌ村オフトン教教会のように、仕切りのある机が並んでいた。それ以外は、普通に教会であった。あ、大型聖印もちゃんとかかってる。本棚もあるが……ガラガラだな。まぁ、この世界じゃ本って高いし、よだれ対策の加工も難しいか。これは今度差し入れておこうかな。

「すごい、普通のオフトン教な教会だ」

「当然です！　オフトン教の教会なんです！　むしろどんなの作ると思ってたんですか」

頬をぷくっと膨らませて怒るミチル。いやうん、信じてたよ、悪いようにはならないって。クーサンも連れてってたわけだし。


ミチルの案内は続く。俺とスイラはミチルに先導され、後ろをついていく。

「で、こちらがシスター共用スペースにー、生活スペースでー、こっちトイレです」

この辺りも普通に教会としての設備だ。

「ここが個別にお祈りをささげる部屋で、マッサージ部屋も兼ねてましてー」

お祈り部屋はオフトンが常備されている。寝心地だけはそこらの宿にも負けないだろう。

「ここが懺悔《ざんげ》室です！」

すごく教会っぽい施設だ！　感動した！　任せておいてなんだけど、地味にサキュバス案件ぶっこんで来るかなと思って身構えていたのはここだけの話だ。だが、どうやら杞憂《きゆう》だったらしい。

「で、地下室には牢屋《ろうや》です」

……おうふ。

「ちょっとまて、なんで教会に牢屋があるんだよ」

「え？　本を盗もうとした泥棒を捕まえて色々するための部屋ですよ？　あっちの教会に

もありますよね？」

あ、そういやあったわ……作ってたわ。俺が。

「ダメですよミチル。牢屋ではなく、反省室と呼ばないと」

「はっ、そうでした。てへぺろ！」

ま、まぁうん。反省室なら仕方ないな……仕方ないよな？


と、なにやらスイラがそわそわと何かを探している。

「ミチル。アレはないのですか？　その。アレは」

「もちろんあります姉さま！」

「ん？　アレってなんだ？」

「はい！　ナス畑です！　姉さまの要望で作りました！」

それは教会の外にあった。日当たりもよく、小さいながらも作物がよく育ちそうな畑が出来ていた。

「この畑なら立派なおナスが育てられると思いますっ！」

「こ、こらミチルッ！　教祖様の前でそんなっ、は、はしたないですよ！」

「え、そうなんですか？」

顔を赤くし注意するスイラに、きょとんと首をかしげるミチル。はしたないのか、ナス畑……ミチル同様に俺もわからんのだが。

「……あー、まぁ、家庭菜園ってことでいいのかな？」

「はい、それで構いません！　おおむね認識は合っています！」

引っかかる言い方だが、気付かなかったことにしておこう。触れないほうが良いものと判断しましたよ、まる。


そんなこんなで特に（大きな）問題はなさそうだったので、今度は週替わりくらいでこっちの教会にもシスターを派遣しようと思う。折角こんないい教会が建ったわけだし、なんならシスターなりブラザーなり増やしてもいいくらいだった。まぁ、ガッツリと内職をするくらい暇させてたしばらくは大丈夫だろう。

……バイトでシスター雇うというのもアリといえばアリなんだろうか？　孤児院の孤児とかをシスターに仕立て上げるとか……あ、いや、一般人をシスターにするにはサキュバスがいるのが怖いな……まぁ追々考えるとしよう。


「さて、この後は大食い大会か。それに合わせて教会を開けておきたいから、そこんとこスイラとミチルに頼んでいいか？」

「はい、お任せください教祖様」

「えー！　私ゴーレム焼き大食い大会出たいんですけどっ」

「こらミチル。ワガママ言わないの」

素直に従うスイラに、反発しつつも「仕方ないなー」と言わんばかりのミチル。

「……あとでたっぷりゴーレム焼き差し入れてやるよ」

「んならよしです！」


しばらくすると、ゴーレム焼き大食い大会の準備が始まった。

ゴレーヌ村から手配していた屋台連中に、それでも作る方が足りなくなることが予測されたので、助《すけ》っ人《と》としてキヌエさんが出張してきている。キヌエさんは、掃除の必要なさそうな小綺麗《こぎれい》な道を見て小さくため息をついた。

「……はぁ、もうすっかり綺麗になってしまっていますね」

「なんだ、やっぱり掃除したかったとか？」

「若干残念ではありますが、清潔なのに越したことはありません。今日は私もおとなしくゴーレム焼きを作らせていただきますね、マスター」

尚《なお》、材料は山ほど用意した上に、いざとなればDP《ダンジョンポイント》でも手配できる。キヌエさんの【料理人】スキルも加われば、おかわりの注文と同時にゴーレム焼きが手元に届くだろう。

そうして、昼飯前くらいの時間から大食い大会が始まる。

参加自由、30分食べ放題。ひたすらゴーレム焼きを食べてもらい、30分間で食べた個数がそのままポイントとなる。このポイントはランキングとして張り出され、日没した時点で1位の人が優勝。そういう大会だ。

「ウチが来たでー」

大食い大会と言えば『食欲魔人』の二つ名を持つイチカが出ないはずもない。宿の仕事はちゃっかり休みを申請済みで、私的な参加となる。メイド仮面用の石仮面も口のところが取り外しできるタイプに作り直してやってるしな。

「最初に参加して、あとでまた参加する。これが一番食えるやり方や！」

「……間違っちゃいないな」

というわけでイチカことメイド仮面1号を含む第一陣が食べ始めたのだが——イチカは開始10分で5個を食べた時点で自主的にリタイア。ランク外であった。微妙な順位に逆にびっくりである。

「いや、ウチ別に大食いってワケやないし。おいしく食べられる範囲で止めとくに決まっとるやん？」

「あー、そっか。そういう」

ちなみに第一陣を終え、現在1位はロードル伯爵の25個であった。かなりの好記録であると思われる。

「カッカッカ……うぉっぷ、ど、どうじゃ、食らいまくってやったわ……！」

満足げなロードル伯爵に、称賛の拍手が贈られた。

「さすが伯爵。お見事」

「うぐっ、ふ、ふん、この程度ワシにかかれば軽いものよ……」

とはいうものの、だいぶ苦しそうだ。

「折角だし、オフトン教教会で休んでいったらいい。横になれる場所もあるぞ?」

「……いや、また後程参加させてもらうでな。腹ごなしに歩いてくるわい……」

どうやらこの伯爵、イチカと同じ戦法をとってまた食べにくるようだ。よろよろと家令(現在2位)を連れて歩いて行った。


その後もドラーグ村の村人や通りすがりの冒険者や、商人、無料ということを聞きつけたパヴェーラのスラムの人等、多くの参加者があり、大盛況なことになった。なんやかんやでロードル伯爵は5位くらいに転落しており、最後の組に絶対参加させろと言ってきたのでこれは許可しておいた。

尚、イチカは合計では50個以上食べていたが、参加自体は何回にも分けていたのでランク外である。


で、いよいよ最後の組。ロードル伯爵を含め、折角だからと参加している多くの選手に紛れて、ド本命の優勝候補と思われる参加者が参加していた。

「おっちゃん!　ゴーレム焼き食べ放題って聞いてきたよ!」

「ケーマッ！　アタイが来たッ！　さぁ、ありったけを差し出せッ！」

イグニとレドラ。ツィーア山は『火焔窟《かえんくつ》』に住むドラゴン母娘《おやこ》だ。もちろん人化はしてはいるし力を抑える魔道具もつけているが。……まぁドラーグ村のイベントにドラゴンが来てるとかむしろ普通なのかもしれない……な？

「どこで話を聞きつけたんだ……って、普通に広報してたもんな。まぁその、お手柔らかに？」

「おうッ！　アタイがあるだけ食ってやるッ！」

「かーちゃん、アタシの分もあるんだからね!?」

ちなみにイッテツはお留守番らしい。哀れ父親。


人化したあの体の中にどう入っているのか甚《はなは》だ不思議ではあるのだが、この母娘、そろってゴーレム焼きを「ぱくぱく」と食べていく。そう、「ぱく」1回で1個消える。これにはほかの参加者も唖然《あぜん》としてどこまで食べられるのかをごくりと唾をのんで見守る始末。

用意してあった材料では足りず、DPでの補充を余儀なくされる。キヌエさんも【料理人】スキルフル稼働で、完成直後のアツアツどころじゃないゴーレム焼きを提供するも、火属性の2人にはむしろアイスにかけられたマンゴーソースのようなもの。

そうして30分フルに食べ続け——

「せ、1000個！　1000個達成です！　2人合わせて2000個ォ！　これはとんでもない記録だーーッ！」

「「「うぉおおおーーー!!」」」

　というわけで、数える方も大変だがなんとそれぞれ1000個のゴーレム焼きを平らげてしまった。沸き上がる歓声。他が2桁なのに2人だけ4桁とか、ダブルスコアどころでない記録になってしまった。

「ふー、まぁ今日はこのくらいにしといてやるかなッ！　ケーマ、ご馳走様《ちそうさま》ッ！」

「おっちゃん、ご馳走様！」

「お手柔らかにって言ったのに……」

　……うん、これはさすがにイッテツに食費請求してもいいよね？　俺。

「んッ？　ちょっと食べすぎたかッ？　悪かったなッ！　あとでなんかやるよッ！」

「うう、まぁ、いいけども。とりあえず優勝、準優勝おめでとう」

　そのまま表彰式を執り行う。ちなみに賞品については特に決めていなかったのだが――

「デザートにフレイムドラゴン焼き100個くらい欲しいなッ！　あと酒ッ！」

「アタシもー！　おっちゃん、よろしく！」

　あーうん、まだ食うのか。

「わかったよ、後で作って届けてやるよ！　今度はちゃんと味わって食えよ!?」

「ハハハッ！　それでこそケーマだッ！」

「わーい！　おっちゃん大好き！　ワタルの次に！」

かくして、ゴーレム焼き大食い大会は大成功の盛り上がりを見せ、終わった。

オフトン教教会も食休みにだいぶ活用されていたので、狙い通りといえば狙い通り。

尚、後日イッテツからお詫《わ》びとしてサラマンダーの鱗《うろこ》が山盛りで届いた。これ、イッテツの心労で抜け落ちた鱗とかじゃないよね？　あ、昔剝がれたやつ？　ならいいけど。

ロードル伯爵　Side

「しばらくゴーレム焼きはいらんわ……うっぷ」

「いやはや、まさか2000個も食べる猛者が現れるとは思いませんでしたね、げぷ」

ゴーレム焼きをたらふく食べ、ロードル伯爵は満足げだった。

「2000個も……いや、参加者全員が食べた数を考えると4000個分はあったのではないか？　よくもまぁ不足なく準備できたものよ」

「驚きですな、旦那様」

「まったくよ。案外あの詐欺師、催し物の才もあるのではないか？」

と、ここで最後の表彰で苦笑いを浮かべていた姿を思い出す。

「あの表情は滑稽であったなぁ」

「ゴーレム焼きの価格を考えると、金貨を超える損害になったと思われますからな！」

「ククク、素直に金を差し出しておけば良いものを、やはり相当な痛手だったとみえる」

ちなみにこの大食い大会に乗じ、ドラーグ村の商店も存分に潤っていた。敵にダメージを与えつつ、味方に益をもたらす。一石二鳥の妙手であったとロードル伯爵は自分を褒め称《たた》えた。

「やはりワシは天才よ。……さて、そろそろトドメを刺すとしようかのう？」

「おや。てっきりしばらくは静観するものと思っておりましたが」

家令の言葉に、ロードル伯爵はニヤリと笑う。

「馬鹿者！　それは三流の考えよ！　敵が弱った時こそ、追い立て、仕留める！　それには連続した攻撃が効果的なのだ！」

「この勢いに乗っているときこそ、という事でございましたか！　さすがは旦那様！」

そして、今度こそゴレーヌ村へ決定的なトドメを刺すための確実な一手を用意する。絶対に逃がさない。そんな意気込みを込めて、ロードル伯爵は手紙をしたためる事にした。

「おや？　2通書くのですかな？　片方はかの村長ですが……」

「うむ。ワシの持つ情報によればパヴェーラ家の跡取り、シド様はドラゴンが、そしてドラゴンを退治したというあの詐欺師の嘘《うそ》話を特に気に入っておられるのだ！　そこに、真実——あの男は大したことがないと見せつけてやるのよ。するとどうなる？」

「ど、どうなるので？」

聞き返した家令に、ロードル伯爵はニヤニヤとますます笑みを深める。

「クックック、これは逃げられんぞ。覚悟するのだな、ケーマ・ゴレーヌゥ!!」

「ど、どうなるのでー!?　気になります旦那様ぁ！」

「うるさい！　ワシは今手紙を書いておるのだ、自分で考えよ！」

果たして、ロードル伯爵はゴレーヌ村を手に入れることができるのか。


「……はっ、あやつの罪を白日の下に晒《さら》すことで、村長解任！　かくして空白となったゴレーヌ村はワシの下に！　という寸法よ！　どうじゃ！」

「今思いつきましたね旦那様!?　ですがさすがでございます！」

……果たして、ロードル伯爵はゴレーヌ村を手に入れることができるのか？

◆閑話　ツィーア領主ボンオドールのゴレーヌ村（オフトン教）視察

ツィーアの領主、ボンオドール・ツィーアの元にある知らせが届いた。

「何？　パヴェーラの貴族がゴレーヌ村にちょっかいを出している？」

「はい、どうやら『欲望の洞窟』の間引きが十分でないようで……」

部下の報告によれば、ゴレーヌ村の商売の邪魔をするような事をしているらしい。もっとも、それらはいずれも上手《うま》くいかなかったとのことではあるが……

「……ふむ。ケーマ殿が問題ないとしているとしても一応影響を確認しておくべきか」

そう言ってボンオドールは椅子から立ち上がり、外套《がいとう》を羽織った。

「お出かけで？」

「ああ。私自ら視察に行ってこよう。依頼の方は頼んだよ」

「はっ、おまかせください」

とはいうものの、ボンオドールの足取りは軽い。ボンオドール的にはゴレーヌ村に行きたい目的があったのだ。

オフトン教のミサ、それと聖女のマッサージである。

オフトン教の聖女、レイ。彼女は元々ゴレーヌ村の宿『踊る人形亭』の方でマッサージをしていたのだが、それが何故《なぜ》かどんなに乱暴にやっても痛くなく、気持ちいいだけという『奇跡』をもってして聖女認定されていた。その奇跡のマッサージをもって教会をまとめ、ほかのシスター達《たち》にも慕われているらしい。

ボンオドールは領主としての仕事が忙しいこともあり、なんだかんだ理由を付けても週に1、2度ほどしか行けないのだが、すっかりオフトン教にハマっていた。オフトン教のミサではぐっすりと眠ることができる。また、聖女による奇跡のマッサージは積もり積もった疲れを消してくれる。普段領主として気を張っているボンオドールにはこれが貴重な癒しだった。

……屋敷を出る途中、妻のワルツや息子たちに見つからないようにする。

見つかっても別にかまわないのだが、もし連れて行くことになると護衛対象が増えて、護衛の兵士も増やす必要がある。そうなると面倒だし、色々と手続きで出遅れてオフトン教のミサに参加できなくなってしまったこともあった。ボンオドール的には、また同じ事態になるのは避けたかった。

＊　＊　＊

家族の目を掻《か》い潜《くぐ》り、ゴレーヌ村行きの乗合馬車に乗る。

視察のため、服こそただの町人が着ている粗末な服で偽装しているものの、体の動きや隠しきれない気品がにじみ出ており、少なくとも貴族のお忍びであることは同乗した客たちにも容易に想像がついた。

「あら？」

「む？」

と、ここでボンオドールは一人の乗客と目が合った。一見一般人のような服に身を包んでいるが、隠しきれないその気品。そして何より見覚えのある顔。間違いなくそれはボンオドールの妻、ワルツであった。

「あなた。こんなところで奇遇ね」

「……ああ。お前こそ。ゴレーヌ村に用事が？」

「ええ。多分あなたと同じ目的じゃないかしら」

そう言って、オフトン教の丸い聖印を胸元から取り出すワルツ。色は銀。一般人からしてみると、それなりに奮発した額の聖印だ。ボンオドールも同じく銀の聖印を身に着けていた。……尚《なお》、ボンオドールは金の聖印も持っているが、流石《さすが》に金の聖印を付けるのは裕福な商人か貴族だとバレてしまうため付けていない。

「お前もオフトン教に入っていたとは知らなかったよ。てっきり敬虔《けいけん》な白神教徒《はくしんきょうと》とばかり」

「あら。オフトン教は白の女神様も認めた『サブ宗教』よ？　何の問題もないわ」

拶だ。

「それもそうだ」

そう言って、２人は聖印をぶつけてチリンと鳴らした。オフトン教の信者同士が行う挨拶だ。

「おやおや、お２人さんは夫婦でそれぞれオフトン教に入ってたのかい？」

「偶然だな、俺もオフトン教なんだ。オヤスミナサイってな」

「今日はミサがあるよね、それ目当て？　私もなのよ」

そしてそれを皮切りに、同じくオフトン教の聖印を首から下げた同乗者たちが声をかけてきた。この挨拶をしている商人の誰かが広めたのか、より徳の高い聖印とこの『挨拶』を交わすと運気が上がると言われている。

銅より鉄、鉄より銀、銀より金、そして金よりも聖女様のもつルビーの聖印、そしてそして教会にある巨大な聖印の方が徳が高いらしい。

恐らくその運気目当てで、銀の聖印と『挨拶』を交わしたいのだろう。ツィーア夫妻は快くこれに応じた。

「みてくれ、これは俺が自作した木彫りの聖印なんだ」

「ほぉ、それは良いな。ぜひ挨拶させてくれ」

「旦那、こっちは豊かな実りを祈願して麦のレリーフを入れてもらったんだ」

「素晴らしい。ツィーアは穀倉地だからな、こちらも挨拶させてくれ」

また、別枠として手作りの聖印や夢を刻印した聖印も徳が高いものとして運気が上がると言われているあたり、オフトン教の寛容さがにじみ出ていた。

「麦ということは君は農家かね？　どうだい、今年の麦の調子は」

「調子がいいね。パヴェーラからも買い付けの予約が入ってる」

「ほう？　やはりあの洞窟の影響かね。パヴェーラとの距離がだいぶ近くなったものな」

「ああ、問屋を介さずに直接売ってくれって行商人も来るくらいだ。ま、そういうのは怪しいから断ってるけどな」

聖印による挨拶を交わした自然な流れで情報収集。今までも視察と言って町中に出たりしており町民派領主とは呼ばれていたが、それでも貴族と言う点が隠し切れず距離を置かれていたのだというのがよく分かるほどに、親密な話ができていた。

これもオフトン教のおかげと言えよう。

「ふむ……人の出入りが増えたということは、そういう輩《やから》もよく入り込んできているということでもあるな。知り合いにさりげなく注意するよう言っとくよ」

「おっ、ありがてぇ。旦那の知り合いならきっと安心だ。これもオフトン教の御利益ってやつだな、はっはっは」

そんな風に有益な会話を交わしつつ、ゴレーヌ村に着く。

馬車は普段使っている貴族用のものよりもかなり揺れてはいたのだが、ゴレーヌ村の特産品のひとつ、ザブトンのおかげでさほど被害はない。貴族の馬車にあるような厚いクッションとは違い、手ごろな値段で持ち運びしやすいザブトンは一般人が持っていても不自然では無い。おかげでお忍びの移動でも随分尻が助かる。最近は最初からザブトンが用意してある乗合馬車も増えてきたし。

「それではオフトン教のミサに行こうか。前の方の席を取りたいところだ。一番効果が早く出るからな」

「あら、私はいつも後ろの方よ。本がとりやすいの。開始まではいつも本を読ませてもらっているわ」

「……ワルツ、君は学園でもかなり好成績を収めていたと思ったのだが、そんな君が読んでも面白い本があるのかい?」

「ええ、それはもう。……あなた、まさかここの蔵書を確認していないの?」

「うっ……わ、私は実践派なのだ。農業関連の本とかが置いてあるな、とは思ったが」

はぁ、とワルツはため息をついた。

オフトン教の教会には本棚がある。そして、そこには帝都の図書館にもあまり無いような民間に伝わっていそうな農法（パヴェーラから入ってきたであろう『焼いた貝殻を農地に撒《ま》く』といった）のメモが置かれていたりする。

ちなみになぜかオフトン教の聖書は置かれていない。教会の本棚であれば聖書の写本こそ真っ先に置かれるものだろうに。あまりに教えを広める気がなさすぎて逆に心配になる宗教だ。かといって光神教のようにガンガン来られても困るが。

「今日は貸し出しをしてもらいましょう。写本の1冊でも作ればここの本のすばらしさが分かると思います」

「お、お手柔らかに頼むよ。というか、貸し出しをしているのかね？」

「本来であれば村民だけらしいのですが、そこは身分を明かし保証金を渡す形で交渉しましたから」

高額な本を村民に貸し出すというのも、ケーマのこの村をどうしたいのかという意識の高さを推測させられる。だが、どうにも不用心というか性善説に基づき過ぎている、とボンオドールは考える。

と、考え事をしつつ教会に入ろうとしたらボンオドールは襟首を引っ張られた。引っ張ったのはワルツだ。

「あなた。どうやら盗人《ぬすっと》がいたようです」

「む？」

見ると、足元に穴が開いていた。そしてその中で行商人らしき男がトリモチにからめとられ、身動きが取れなくなっていた。

……曰《いわ》く、本を盗むとこうなるらしい。何かしらの魔道具を使っているのだろう。どのような仕組みの魔道具を使っているのかは分からないが、たしかこの村には魔道具を作れる鍛冶師が居たはずだ。

穴はゆっくり閉じた。その直前に穴の横からシスターが入ってきてこちらにお辞儀をしていたので、まぁ、無事犯人確保という事なのだろう。

「……うちの屋敷にも作ってもらいたいところだな」

「まったくですね。ただ、たまに巻き込まれて関係のない人も落ちるそうですが」

「それは困るな。苦情が出るんじゃないのか？」

「その場合は【浄化】とマッサージを無料でかけてくれるそうですよ。むしろ『悪いものを盗人に押し付けることができた』として縁起が良いんだそうで」

「何事も言い様だな……徳やら縁起やらは本当に便利な言葉だと実感するよ、宗教の強みだな」

尚、わざと飛び込んだ場合は当然【浄化】やマッサージは無し。縁起も悪いそうだ。

その後、無事ツィーア夫妻はミサに参加することができた。

持ち込みのザブトンを二つ折りにした枕でひと眠り。目が覚めたときの気分は、相変わらずスッキリ気持ちのいいものであった。……机にうつぶせで、座ったまま寝たので体は少し固まってしまっているが、この後はマッサージを受ける予定なので問題ない。

「時にあなた。聖女様のマッサージは今予約制となっていること、ご存じかしら？」

「……なん……だと？」

「おほほ、これがその予約チケットです。差し上げませんが」

ワルツが焼き印の押された木札を見せびらかす。

「ぐう！　なんということだ。そんな報告、密偵から受け取っていないぞ!?」

「最近、また人が増えた影響で色々忙しくなったから予約制に戻したそうですよ。ミサの前に読書していたら偶々《たまたま》聖女様とお話しできましてね……まぁ、あなたは大人しくシスターさんのツボ押しマッサージを受ければ宜《よろ》しいかと」

「ぐぬぬ！　あれは痛いじゃないか!?」

「あらまぁ情けないこと」

と、ワルツはクスクス笑った。


そんなこんなで夫婦デートのようになってしまい、結局パヴェーラ貴族のちょっかいによるゴレーヌ村への影響について調べるのをすっかり忘れて帰ったボンオドールが「何やってるんですか？」と執事から極めて冷静に怒られたのはここだけの話。

……デートしていて特に違和感もなかったので、ケーマに任せておけば問題は無いだろうということにはなった。

◆第2章

＃ ケーマ Side

「村長。ロードル伯爵から決闘を申し込まれました」

「は？」

村長の執務室で適当に書類にサインしていると、ウォズマ副村長からそんな発言があった。何故《なぜ》だろう。なんでか目の敵にされてるなー、とは感じていたけど、それなりに上手《うま》くやっていたと思ったのだけど。

「名目としては、以前、村長が不在の際にドラゴン退治の英雄であるケーマ村長を侮辱した件を謝りたいとのこと。それで、お詫《わ》びを兼ねて、ドラゴン退治の英雄の実力を周知させるため決闘を行いたいと書かれています。また、そのための立会人および会場はドラーグ村で用意しておくので、明日の正午にドラーグ村までお越しください、とのことです」

「……えーっと、つまり？」

「謝ると言いつつ決闘を申し込まれてるだけですね。しかも日時と立会人もあちらが指定しております。これは明らかに謝罪ではなく挑発ですね。村長、遠慮はいらないのでやっちゃってください」

いやいやいや。なんで俺が決闘せにゃならんのか。

「行かないという手は？」

「本来決闘を行うのに『明日来い』というのは不躾《ぶしつけ》すぎるので不可能ではありませんが……村長が逃げた、と喧伝《けんでん》されて難癖をつけられるのが目に見えてますね」

なるほど。

「代理人立ててもいいかなぁ」

「可能でしょうが、村長を名指ししているようなものですからね……ああいや、この文面は『ドラゴン退治の英雄』に対する挑戦ですから、村長と同じく『ドラゴン退治の英雄』であれば何の問題もありませんね？」

ニヤリと、悪いことを思いついたように笑うウォズマ。

「なるほど、つまり」

「クロ殿を代理人とするのが適任かと。『ドラゴン退治の英雄』に挑むつもりなら認めてくれないかもしれませんが、その場合はクロ殿の正体を名乗れば問題ないですね」

パーフェクトだ、ウォズマ。


というわけで、ドラゴン退治の英雄『ニク・クロイヌ』を代理人とすることにした翌日。

俺とニク（メイド仮面2号に扮《ふん》している）はドラーグ村へとやってきた。

今回はなんとトンネルを抜けてすぐにお出迎えが居た。

「よくぞ来た、ケーマ・ゴレーヌよ！」

「うん、呼ばれたので来てやったぞ」

そこにはこれから謝ろうという気は一切なさそうなロードドル伯爵。そして全身鎧《よろい》の男がその隣に、身なりのいい子供がそのすぐ後ろに居た。それに、近くにいた村人や通行人達《たち》も何事かと集まってくる。

「皆の衆！　ワシはリンゲン・ロードドル伯爵である！　これより、ケーマ・ゴレーヌとの決闘を行うものと宣言するッ!!　賭けるは栄誉！　ドラゴン退治の英雄の実力、とくと見せていただこうではないか！」

無駄にいい大声でロードドル伯爵が宣言した。

「立会人は皆、そしてパヴェーラ家嫡男、シド・パヴェーラ殿であるッ！」

パヴェーラの領主の嫡男らしい。……見た目的にニクくらいの歳《とし》かな。うん。

「さぁ、受けるかケーマ・ゴレーヌ？　それとも尻尾を巻いて逃げるかのう？　カッカッカ！　逃げるなら今のうちじゃぞ？　カーッカッカッカ！」

「逃げるんだったらここには来てないさ。それで、ロードドル伯爵が戦うってことでいいのか？」

「カッカッ…カヒュッ!?」

変な笑い方が喉に来たのか急にむせるロードル伯爵。

「わ、ワシがそんな野蛮なことをするわけがなかろう！　代理人を立てるに決まっておろうが、見てわからんのか！　勝負は、ワシの代理人——ロードル家随一の騎士、ダストンがお相手しようぞ！」

そう言って、ザッとロードル伯爵の隣にいた全身鎧、ダストンが一歩前へ踏み出す。

ちらりとマップを確認し、ダストンの1日当たりのＤ　Ｐ《ダンジョンポイント》を見る——２９０／ＤＰ《パーディーピー》。

ほう、中々の実力者のようだ。イチカじゃ負けるだろうな。だが。

「いけるか？」

「勇者《アレ》よりは弱そうなので、大丈夫です」

石仮面で顔を隠したニクが、自信満々で頷《うなず》いた。……頼もしいことを言ってくれるのは嬉《うれ》しいんだけど、勇者をアレって呼ぶのやめような？

そして、俺の代わりにニクが一歩前に出る。

「む？　何のつもりだ、ケーマ・ゴレーヌ？」

「何。ロードル伯爵が相手なら直接出ようかと思ったが、そちらが代理人を立てるのであればこちらも立てようかと思ってな。お互い代理人を立てるのなら公平だろ？」

「ふむ……？」

ロードル伯爵の視線がニクをなめるように見る。

「では、その獣人奴隷の小娘が負けたらケーマ・ゴレーヌも敗北した――と、そういうことと見て良いのだな？　ン？」

「ああ。構わない」

俺がそういうと、ロードル伯爵はにんまりと笑った。まぁ、考えてることは分かる。ニクはどこからどう見ても普通に犬耳幼女だから。か弱そうな女児だもんな。

「よかろう！　代理人を受け入れる！　その者の敗北は貴様の敗北と知れぃッ！」

と、決闘が成立した。

……立会人のシド・パヴェーラが微妙な顔になっている。言葉にすれば『明らかに弱い者いじめではないか』と言わんばかりの不満顔。ドラゴン退治の英雄の戦いを見れると思ったら仮面の幼女メイドが出てきたのだ、致し方あるまい。相手のダストンについては……兜《かぶと》までフルフェイスな完全防備でよくわからんな。でも足運びが『楽な仕事がさらに楽になったな』といった感じである。

「シド殿。開始の合図をお願いできますかな？」

ロードル伯爵に促され、立会人のシド・パヴェーラがしぶしぶと頷く。

「では……始めッ！」

そしてシドの掛け声で、決闘の幕《まく》が上がった。

「ダストン！　手早く済ましてやれ！　命までは取らないでおいてやろう」

「メイド仮面2号、手早く済ませろ。うっかり殺すなよ」

声を掛けられた2人はそれぞれこくりと頷く。

ダストンとニクが大通りの真ん中で対峙《たいじ》する。通行の邪魔ではあるが、ドラーグ村村長であるロードル伯爵が許可出してるんだから問題は一切ない。

まず、ニクことメイド仮面2号は武器も構えずおもむろにダストンに近づき、右手を差し出した。いわゆる握手を求める動作だ。これをみて、ダストンは握手に応じた。

しかしそれは握手というより悪手であった。

なんとメイド仮面2号はその手をぐっと握りしめ、そのまま片手で力任せにぶん投げ、地面に叩《たた》きつけた。

「「「ッ!?」」」

小さな子供が、大の大人を――それも全身鎧の成人男性を――片手で投げ飛ばす。そのあまりに非常識な光景を見ていた人々は、言葉を失った。

しかし投げ飛ばされたダストンを含む誰もが混乱しあっけにとられているうちに、ぐい、とメイド仮面2号に引っ張られ、全身鎧の男が再び空を舞う。更に舞う。まだまだ舞う。

びたーん、びたーん、びたーん。

と。正確には全身金属鎧なのでがしゃーんがしゃーんだけど。まるで木の実を入れた革袋をテーブルに叩きつけるかのように。魚の尻尾を持って船床に叩きつけるかのように。長ネギを振るかのように。メイド仮面2号が右手を振り上げ、勢いよく持ち上げられた全身鎧男ダストンは、そのまま反対側に叩きつけられる。たまに横にも振り下ろす。

くるくるくるくるびたんびたん。

小さな身体《からだ》を起点として金属鎧の大人が振り回されるのは目を見張る光景だった。……そうか、これがいわゆる最強鈍器『地面』ってやつか。ニクにもオリハルコン入りのサポーターを支給しておいたのだが、これほどまでに『地面』を使いこなすとはさすがゴレーヌ村最強わんこ。……あ、兜と腰に付けた剣が飛んでった。白目剝《む》いてないかオイ。まぁ地面への激突を何回もさせられたらそうなるだろう。

「2号、それくらいにしてあげなさい。死んじゃうから」

「これくらいならまだ大丈夫ですが……はい」

ぺいっと放り投げられたダストンは、気絶しているのかそのまま人形のようにガラガラ転がり、動かなくなった。……生きてる、よな？　ＤＰになってないから大丈夫だよな。というか「これくらいならまだ大丈夫」って、もしかして全身鎧を叩きつけるのに慣れてんの？　全身鎧を叩きつけるのに慣れてる幼女ってなんなの。

「……な、なんだ今のはッ!?」

驚愕《きょうがく》のままに俺を問い詰めるロードル伯爵。

「えーっと。とりあえずこっちの勝ちでいいかな？」

「は？　え、あ、はぁああ!?　馬鹿な、馬鹿な馬鹿な！　ありえんだろうこんなの！」

とは言うものの、ダストンは白目を剥いて失神している。全身鎧も地面に叩きつけられ続けたせいでボコボコだ。……立会人であるシドがダストンに駆け寄り、首筋に手を当てた。

「……脈はあるが、完全にノビているな」

それはよかった。死者が出たら色々気まずくなるところだったぞ。

「無効だ！　神聖なる決闘で不意打ちを行うなど！　卑怯《ひきよう》者《もの》め！」

「立会人も開始の合図言ってたのに何言ってんだ」

「そもそもそのガキは何だ、女ドワーフか!?　獣耳と仮面を付けて油断させたか！　無効！　無効だ、無効ったら無効だ！　そんな卑怯な代理人は認めぬぅ!!」

「決着がついてから言うなよ。それに開始前にロードル伯爵も認めただろう？　なぁ？」

俺は立会人のシド・パヴェーラに問いかける。

「うむ。確かに認めていたな。この決闘は有効である！　勝者、ケーマ・ゴレーヌ！」

……どうやらこの子供はまともな立会人であるようで、無事にそう宣言してくれた。

「こ、こ、この詐欺師がぁああ！　あぁぁ……」

と、ロードル伯爵がふっと失神し、頽《くずお》れた。……怒りのあまりに失神とか、まぁ気持ちは分かる。ニクみたいな相手に完全装備の大人がビタンビタンされたら俺だって詐欺だとか言いたくなるわ。

失神したロードル伯爵はどこからともなくやってきた家令と見覚えのある門番に担架で運ばれていった。おーい、ダストンさん忘れてるよー？

「うーむ……治癒魔法を掛けておくか。光よ、小さき傷を癒せ――【ライトヒール】」

と、ダストンに治癒魔法を掛ける同じく場に残されたシド・パヴェーラ。さすが嫡男、治癒魔法も履修済みのようだ。あるいは、それが決闘の立会人の条件なのかもしれない。

とりあえずこれからどうしたものか。……声をかけてみるか。

「あー、その。シド・パヴェーラ様？」

「シドで良い、まだ爵位もない故、様もいらんし敬語も不要だ、ゴレーヌ殿」

「……じゃあ俺もケーマで構わないぞシド殿。その苗字《みょうじ》はまだ慣れないしな」

「そう言ってもらえると助かる、ケーマ殿。貴殿とは仲良くしたいと考えている」

お互い距離感を探りつつ、握手した。……びたーんびたーんはしないよ？


「……あー、それはそうと、その。誰もが言葉を失う凄《すさ》まじい戦いであったな」

未《いま》だにあっけにとられたままの周囲を見て、シドが言う。

「えーっと、とりあえず決闘も終わったし、これは帰っていいのか？」

「さすがに少し話がしたいのだが……その前に、代理人となっていたそちらの方は、名のある武人だったりするのか？　いや、そうであってほしいのだが……」

ふむ。さすがにパヴェーラ領主の息子としては、自分の領地に属する貴族の抱える兵士が名もない仮面幼女にビタンビタンされましたとは言い難《にく》いのだろう。いや、普通の幼女には全身鎧の兵士をビタンビタンなどできないだろうが……

まともな人間のようだし、恩を売る意味でニクの正体を教えておくか。

「何、それなら問題ない。こいつはドラゴン退治の時にも連れていた、俺のパーティーメンバー、ニク・クロイヌ。ウチの切り込み隊長だ」

それを聞いたシドの目が、キラリと輝いた気がした。まるで英雄に憧れる子供のように
――ってまさに子供か。そして英雄に憧れている感じか。

「……ということは、彼女が『黒の番犬』、ニク・クロイヌ……!?」

ざわ、と固まっていた周囲がざわめいた。

「はい。わたしが『黒の番犬』——ニク、クロイヌ、です」

言いながら石仮面を取って素顔を晒《さら》すニク。顔こそ無表情だが、尻尾が満足げにぶんぶん揺れている。……獣人は名前の持つ意味をとても大切にし、その名前に恥じない生き方を求める性質がある。そんな獣人《ニク》にとって、俺が与えた「クロイヌ」こと『黒い犬』にそのまま該当する素敵な二つ名は、相当お気に入りのようである。

……ん？　どうでもいいけどニクってもしかして仮面があってもなくても表情の情報量って変わらなかったりする？

「な、なぜそのような格好を？」

「メイド仮面2号なので」

「そ、そうか。……ええと、クロイヌ殿として称《たた》えても良いか？」

ちらりと俺を見るニク。うん、もっと『黒い番犬』って褒められたいって尻尾してるな。良いんじゃないの。そしてこのままニクの方の意味は無視、あるいは肉盾《前線で戦う者》の意味で満足していただきたい。よろしくお願いします。

「いいぞ、好きにしろ」

「だそうです。どうぞ」

ワンクッション挟んで許可を得たシドは、こくりと頷《うなず》いた。

「感謝する。――聞け、皆の衆！　このメイドはかのドラゴン退治の英雄が一人、『黒の番犬』ニ……クロイヌ殿である！　その名声に違《たが》わぬ素晴らしき武威であった！　さぁ皆の者、勝者を称えよ！」

そしてシドは盛大にニクを持ち上げる。どう反応したものかと固まっていた野次馬達《たち》もそれに合わせて「「「わー！」」」と歓声を上げた。それは、領地を守る騎士でも英雄相手なら負けても仕方ないよね、という安堵《あんど》も混じっていたと思われる。


その後、そのまま解散――というわけにもいかず。シドは離れたところで見ていた護衛を呼んで目を覚まさないダストンを宿屋『竜の足跡亭』に運び寝かせた。そののち、俺達は改めてドラーグ村にある村長邸、つまりロードル伯爵の家までやってきた。

伯爵はまだ気絶したままらしく、勝手に応接室を使わせてもらうことに。いいのかなー、とも思ったが、パヴェーラ領主嫡男であるシドが良いと言ってるので大人しく従っておこう。一応屋敷の人間の立会いという感じで家令がついていた。

「さて。ケーマ殿。この度は誠に申し訳ないことをした。この通りだ」

と、まずシドが頭を下げる。……って、待て待て。貴族の子供、しかも嫡男がいち村長に頭を下げっぱなしってのは良くないだろ。

「あの。シド殿？　こういう時どう反応したらいいのかわからないんでとりあえず頭上げてもらってもいいかな？　何を謝られてるのかもよく分からないし」

「む、そうか。では失礼ながら」

と、頭を上げるシド。

「謝罪する内容は、大まかに2点。まずは俺自身のことだ。決闘の無作法についてだが」

そういえば、ウォズマが『すぐ翌日に来いとかいうのは無礼』だとか言ってたっけ。

「立会人としてこのような決闘を認めてしまい、申し訳ない」

「構わないさ。面倒事はさっさと終わらせて寝るに限る。だろ？」

「さすがオフトン教の教祖、含蓄があるな……」

何か感心したようにシドは頷いた。

「そしてもう1点。こちらはロードル伯爵の件についてだ。ロードル伯爵はどうも、ゴレーヌ村を乗っ取り自分のものにしようと画策していたようでな」

「ほほぅ、そんなことが……」

しかし別に何かされた覚えは……無いな？　うん。思い返しても無い。宿を作って対抗されたくらいだけど。あれってむしろ俺が頼んだことだし。

「全く心当たりがない……それも謝らなくて良いぞ。何かされたわけでもないし」

「そ、そうか？」

「まぁ、なんだ。これからもお隣さんとして仲良くやっていければ、と思っているしな。立派な教会も建ててもらったし、俺から言う事は何もないぞ」

「そうか……ケーマ殿がそういうのであれば、ドラーグ村は今しばらくロードル伯爵に任せるとしよう。無論、この俺が見張り妙な真似《まね》はさせないようにする」

うん、なんなら宿をもっと建ててこっちの仕事を減らしてくれてもいいんだよ？


と、ここでシドがニクのことをチラチラと見ているのに気が付いた。

「そういえばシド殿はドラゴン退治のことについて、調べていたりしたのか？」

「！　う、うむ。実はその、そうなのだ。なにせドラゴンであるぞ？　パヴェーラの者として、気にならぬわけがない！　ツィーア山がはるか昔まだパヴェーラ山とも呼ばれていた頃よりもさらに前よりこの地を守護する伝説の赤きドラゴンの話は、パヴェーラの子守歌の定番である！　その強さ、カッコよさは誰も彼もが知るところ！　そのドラゴンを倒し、あまつさえ従えたという現代の新たな伝説！　こんなの心躍って当然だ！」

シドは急に早口になってまくし立てた。

「そのようなわけで、ケーマ殿の実力が見られると思い立会人を引き受けたわけだ。いや、それにしても『黒の番犬』がこのように女性であるとは思わなかった。なにせ名前が名前であるゆえに、その、女性で、そのような名前……さ、さぞ深い事情があるのであろう。心中お察しする！」

シド君ってば『ニク』のえっちい意味知ってるんだ。やーらしー。顔真っ赤ー。

道理でニクを称えるときにも名前の部分で言い淀《よど》んでたわけだ。

「それに同姓同名の男が居るのだ。ツィーア領主の娘、マイオドール・ツィーアの婚約者だそうでな。俺はその男こそが『黒の番犬』だと思っていたのだが……まさかこのように美しく、いや、可愛《かわい》らし、いや、可憐《かれん》な、いや、その、大変魅力的な女性であったとは、驚きを隠せないのだ……！」

あ、それ同一人物で合ってます――と、シドにすぐさま回答していいものかと思い口を閉じる。そういえばニクはマイオドールの婚約者、ということになっている。そして、その約束を取り付けた際にボンオドールが言っていた理由が『パヴェーラとの婚約話を断るため』って話だった。おそらくだが、それを口実に断られたのがこのシドだ。

勝手に回答していいものじゃなさそうなので、勘違いさせたままで保留しておく。あとでマイオドールと相談しとこう。

「す、すまない。これではまるでクロイヌ嬢を口説いているみたいだ……」

そう言ってぷしゅぅっと顔を赤くして俯《うつむ》くシド。これ大丈夫？　ニクに惚《ほ》れてない？

いやぁモテモテだなぁウチの子ってば。

「ドラゴン退治の英雄と、その力を間近で見たことによる憧れからくる動悸《どうき》だな」

「そ、そうかっ、そうだよな。翼人ですら反発が大きかったというのに、ましてや犬獣人

で奴隷の身であるクロイヌ嬢となるとどれだけ反対されるか分かったものではないものな！……ああ、だがドラゴン退治の英雄ならそのあたりはいくらでも封殺……」

「おおっと！　俺達はそろそろゴレーヌ村に帰らないと！　いやー今回の件は急な話だったから仕事が残ってるんだよ」

「むむ、そうか……もう少し話がしたかったのだが」

なんかシドが真面目にニクとの結婚を考えだしてしまいそうなので、俺は強引に話を切り上げ帰ることにした。今回の件が強引だったからスケジュールがギリギリだと言ってしまえば引き留めることもできまい。実際にはそんな仕事無いけどな！

「クロイヌ嬢。今度は俺の方から挨拶しに行こう。良ければゴレーヌ村を案内してはくれないか？」

「……ご主人様から許可がいただければ？」

ちらりと俺を見るニク。ニクに熱烈な視線を注いでいたシドは、それを歎願《たんがん》するような眼差《まなざ》しに変えて俺に向けてくる。

「……暇だったらな」

許可を出さないと選択肢がループする感じで縋《すが》られそうな気配を感じたので、俺はそう答えてさっさと撤退することにした。

ロードル伯爵　Ｓｉｄｅ

「う、うーん……はっ！　この天井はワシの部屋！　あー、夢であったか」

「……旦那様？　旦那様！　お目覚めになられましたか！」

ロードル伯爵が目を覚ますと、見知った天井と聞きなれた家令の声。

「む？　おお、今日はあの詐欺師にトドメとなる一撃をくらわす記念すべき日であるな。さて、準備せい、おっとっと」

ベッドから起き上がり、ふらりとよろけるロードル伯爵。家令はそれを素早く支えた。

「まったく、不吉な夢を見た。ワシの騎士団随一の騎士ダストンが、あの妙な仮面をつけた子供にケチョンケチョンにされる夢じゃ。……夢じゃよな？」

「残念ながら旦那様、それは夢にございません。現実でございました……」

「なん……じゃと……？」

力が抜け、がっくりとうなだれるロードル伯爵。だがそれでも信じられなかった。まさかあのビタンビタンと、さながら魚を〆《しめ》る漁師のような光景が現実だとは。

「目が覚めたか、ロードル伯爵」

と、そこにシド・パヴェーラが声をかける。どうやら家令と同じく部屋に居たらしい。小さくて見えな、げふん、家令の陰に居たためすぐ見つけることができなかった。

「こ、これはこれはシド様。ご機嫌麗しゅう……」

「うむ。治療費は請求しないでおいてやろう」

どうやらたまたま起きたところに2人が居たのではなく、失神して気絶していたロードル伯爵に、家令の立会いの下でシドが治癒魔法をかけていたらしい。

「さて、伯爵には少し話がある」

「……何でございましょうか？」

「俺はしばらくドラーグ村に住むことにした。かの英雄、ケーマ・ゴレーヌに伯爵が失礼な態度を取らぬようにな」

「なんですと!? ぐ、むぐぐ……し、シド様は騙《だま》されておいでですぞ！」

何と言ったらよいのか分からず、ロードル伯爵は尚《なお》もケーマを詐欺師扱いする。が、シドは呆《あき》れた様子で返す。

「ケーマ殿が貴様を許さなければ、領地没収くらいはしようかと考えていたのだ。精々感謝せよ」

「何故《なぜ》!?」

「本気で分からないのであれば、救いようがないな……かのケーマ・ゴレーヌは本物の英雄である。そこに審議を挟む必要はない」

「あり得ませぬ！ あのような男が英雄など……！ はっ、そうです、凄《すご》いのはあの奴隷であってやはりあの男は詐欺師ですぞ！」

「であったとしても、功績をライオネル皇帝陛下が認め爵位を授けている。まさかそれを認めないとは言うまいな？」

　それを認めないというのであれば、それはもはや帝国のことを信じないと言っているに等しい。シドはそういうつもりでロードル伯爵に言い放つ。……が、

「ワシはパヴェーラ王家に仕える貴族。故に帝国の言う事を聞く必要などありませぬ。よって、かの詐欺師が英雄などとワシは認めませぬ」

　屁理屈《へりくつ》をこねるように、ロードル伯爵はそう言った。


　尚、かつてパヴェーラは単独の国であった。それが帝国に侵略されてパヴェーラ地方となったのである。これはツィーア等も同様であり、当時その地を支配していた王家や豪族がそのまま帝国貴族になっていたりする。

　しかし、それも百年以上前の話である。そのような古い話を持ち出してまで、どれだけケーマのことを認めたくないのかとシドはため息をついた。

「パヴェーラ王家など、俺や親父《おやじ》、むしろ伯爵ですら生まれる前の話であろう。何を言っているのだ全く……」

　だが、いまだにその手の話をする輩《やから》が居ないわけでもない。そしてそういう輩への返し技を、シドはちゃんと父親から伝授されていた。

「では、王家の末裔《まつえい》である俺があの英雄は本物と言えば認めるんだよな？　騙されている

と言うなら、それはパヴェーラ王家が騙されるようなマヌケと言うことだぞ。断頭される覚悟があって、言うんだろうな？」

こう言われてしまえば逆らえない。なおも騙されていると言えば王家への侮辱となってしまう。そして、興りが海賊という由来を持つかつてのパヴェーラ王家は、侮辱には首を落とすことで応えたという。

「……御心《みこころ》のままに」

渋々とだがロードル伯爵は頷《うなず》くしかなかった。

ケーマ Side

決闘騒ぎの後。俺はマイオドールを村長邸に呼び、ニクのことをシドにどう説明するべきか相談した。ついでに、ニクがまだマイオドールの婚約者という事でいいのかとも。

「お任せください。クロ様……クロとわたくしが仲の良い姿を、それはもう存分に見せつけて差し上げますわ！」

ということなので、シドがゴレーヌ村に来た時はマイオドールに対応を任せることとなった。

「それはさておき、言いたいことがありますわケーマ様」

「ん、なんだ？」

……尚、相談よりも何故帰ってきたときすぐに連絡してくれなかったのか、とねちっこく愚痴られた方が長かった。ゴゾーが帰ってきたときに一緒にゴレーヌ村に戻ってきたらしいが、本来ならもっと早くニクに再会できていたのにと長々と、そりゃもう長々と愚痴られてしまった。いや、うん。

「わたくしも暇ではありませんけれど！　孤児院に来てくれる教育役をダイン商会から紹介していただいたり自分の勉強をしたりと色々忙しかったですけれど！　だからこそ！　クロ様との交流はとてもとても、とてもとてもとってても！　大切な事なのですわ！」

「ああ……うん……」

「聞いていらっしゃいますの!?」

効いてる効いてる。ダメージ的な意味で。

で、結局シドにはなんて説明するべきなのかは聞けていなかったことに気づいたのはその後の事だが、まぁ俺からは特に説明せず、マイオドールに任せておけば良いだろう。その方が責任は持たなくてよさそうだし丸投げ丸投げ。

そしてさらに数日後、シドは宣言通りゴレーヌ村に遊びに来た。

普通の村人のような服装。しかしその髪の毛のサラサラ具合とか結構貴族っぽさがにじみ出てる所。お付きの護衛は普通の冒険者風で、こちらは違和感がなかった。

「やぁクロイヌ嬢、ケーマ殿。遊びに来たぞ」

「……まぁ良く来たな」

俺は村長邸の応接室でシドを迎える。ついでにニクにマイオドールを呼ばせに行った。

「……そういえば、シド殿もロードル伯爵もパヴェーラ訛《なま》りじゃないんだな。ウチの村にもパヴェーラ出身のヤツが何人か居るんだが、みんなあの喋《しゃべ》り方なのかと思ってた」

「ああ。俺は帝国の中央に揃《そろ》えてある。パヴェーラ訛りといっても、貴族はそういう感じでな、大体は庶民の言葉遣いといったところだ」

「なるほどなぁ」

冒険者として違和感がない護衛の人もコテコテのパヴェーラ訛りらしい。


そんな雑談をしていたら、ニクがマイオドールを連れて戻ってきた。

「お久しぶりですわ、シドルファス・パヴェーラ様」

スカートをつまんでの丁寧な挨拶。シド、本当はシドルファスなんて名前だったのか。

「久しいな。マイ……いや、マイオドール嬢。……俺の方は前のようにシドで構わん。普段は面倒でそう名乗っているしな」

「いえいえ、婚約者でもない男性をいつまでもそのように軽く呼ぶ事などできませんわ。シドルファス様もそれを分かっておいででしょう？」

「だが、幼馴染《おさななじみ》でもあるわけだしな……それは少し寂しいぞ」

「うーん。ねぇクロ様……クロはどう思います？　婚約者でないのに愛称で呼んでもいいと思いますか？　はしたない、とか思いますか？」

　と、ニクに尋ねるマイオドール。

「……短い方が呼びやすいと思いますが」

「クロがこう言ってるので略称で呼んで差し上げますわ、シド様。幼馴染ですし、わたくしのこともマイで構いませんわ。ただし婚約者のいる身ですので、呼び捨てはなさいませぬようお願いしますわ」

「分かった。マイ嬢」

　俺には良く分からんが、とりあえず話がまとまったらしい。


「さて、そういえばゴレーヌ村の案内を約束していたんだったな。マイ様。シド殿の案内を頼めますか？」

　事前の約束通り、俺はマイオドールにシドの事を丸投げする。

「ええ、お任せください。行きましょうクロ様。あとシド様」

「む、お、おう！　クロイヌ嬢もよろしく頼む」

「はい。行ってきますご主人様」

　と、ニクはぺこりと俺に一礼し、マイオドールと共にシドに村を案内しに出て行った。

……特別手当にハンバーガー用意しとこっと。

マイオドール Side

マイオドールは、ケーマからの頼みでシドにゴレーヌ村の案内をすることになった。

元々マイオドールとシドはトンネルができたことを契機として『婚約者にどうか』と打診される程度に面識もあり、無条件でそれを断ったりできない程度には家同士の仲も悪くはない。

ただ、パヴェーラにほど近い聖王国の影響で貴族層には亜人軽視の風潮があり、翼人であるマイオドールを嫁に行かせるのをツィーア領主ボンオドールが渋った、という経緯がある。


もっとも、シド自身にはそのような思想は一切無いことは、マイオドールも知っている。トンネルができる以前から、帝都の屋敷で遊んだこともある仲だった。故に、村を案内するくらいは何の抵抗もなく、むしろ幼馴染と散歩くらいの気軽さであった。

「さてシド様。村を案内して差し上げますわ。ついていらして」

「うむ、よろしく頼むぞマイ嬢」

マイオドールは、ニクと手をつないでシドを先導する。ちなみにその手のつなぎ方は、指と指を交互につなぐ、いわゆる『恋人握り』と呼ばれる親密なつなぎ方である。

早速の仲の良さアピールだ。マイオドールはふふんと自慢げに笑う。ちなみに先ほども、別に愛称で呼ぶくらいどうでもいいのだが、婚約者であるニクの顔を立ててニクに聞いてから、というアピールをしている。2コンボである。

「ク、クロイヌ嬢。今日はあの服ではないのだな？」

「はい。あれは宿の制服ですので」

「そう、そうか。ふむ。その服もよく似合っている」

しかしシドは平然とニクに話しかけていた。……平然、というには顔が赤いか？


「それでクロイヌ嬢。どこへ案内してくれるのだろうか？」

「……どこに行きますか、マイ？」

「そうですわね……シド様はどこが見たいですか？」

全員ノープランで質問が一周してしまった。シドはふぅむ、と少し考える。

「まずは商店が見たいところだな。ゴレーヌ焼きの屋台も気になっている」

「ゴレーヌ焼きではなくゴーレム焼きですわ。まぁ、わたくしはドラゴン焼きの方が好みですけれど」

シドの間違いを訂正するマイオドール。しかし、

「む、知らんのかマイ嬢？　その2つを合わせて、ゴレーヌ焼きと呼ばれていると聞いたのだが」

「……そうなんですの？」

「初耳です」

2人は初耳だったが、シドの集めた情報では商人たちがそう呼んでいるというものがあったのである。

「意外だな。ゴレーヌ焼き発祥の地でゴレーヌ焼きと呼ばれていないとは……」

「そういうこともあるのですわね」

「そういえば一々村の名前も呼ばないので、たまに名前自体を忘れてる人もいます」

とニクが言うと、「さすがにそれはおかしい（ですわ！）」とツッコミが入った。尚《なお》、ケーマのことである。最近は隣村が出来たので多少名前を使って覚えているようだが。


とりあえず、一行はシドの希望に応えてダイン商会の店へ向かう。

「ここがダイン商会ですわね。このゴレーヌ村随一の商店で、大抵のものはここで買えますわ」

「ほう。日用品だけでなく冒険者向けの商品も取り揃えているのだな」

棚に並べられたポーションを手に取り、太陽に透かして見るシド。

「色ムラがなく均一。なかなか良い品を取り扱っているようだ」

「そうやって見るんですの？」

「ああ。一部例外はあるが、ポーションの効力は色の濃さに現れる。均一であれば安定した回復が見込めるだろう——っと、偉そうに言ってはみたが、クロイヌ殿には当然の知識であったかな？」

「いえ。初めて知りました。ポーションを使ったことないので」

「何？　そうなのか？」

前線で戦闘をこなすニクがポーションを使ったことがないというのは驚きである。それは、普通の冒険者に当てはめれば怪我《けが》をしてもポーションを使ってもらえない、という事になるのだが――ニクの身体《からだ》には傷らしい傷も無いのである。

「怪我をしたら、ご主人様が【ヒーリング】を使ってくださいますので」

「そうか。ケーマ殿は神官でもあったな」

「はい。先日木剣のささくれに指を刺した時にも使っていただきました」

それはさすがに過保護なのでは？　とシドは思う。いくらドラゴンを倒した英雄パーティーの一人とはいえ、ニク・クロイヌは奴隷なのだ。いやむしろ、ドラゴンを倒すパーティーに入るほどなのだからこそ、普通ならそんな小さな怪我で治癒魔法など考えられないところである。

と、ここで考え込むシドをマイオドールがちょいちょいと手招きし、耳打ちした。

「クロ様は、ケーマ様のお子様なのですわ」

「……！」

言われてみれば、黒髪黒目、親子と言われても違和感はない。母親は褐色肌の獣人なのだと言われれば、とてもしっくりくる話だ。多少ケーマが若すぎる気がしなくもないが、そもそも見た目と年齢が合わないことなどよくあること。

「し、しかし、それではなぜクロイヌ嬢は奴隷の首輪を？」

「分かりません。ですが、あの名前もケーマ様がつけたものではないとのことです。きっと何か深い事情がおありなのでしょう……他言無用ですわよ？」

なるほど、とシドは納得し、頷《うなず》いた。


次はゴーレム焼き、もといゴレーヌ焼きの屋台にやってくる。

「ドラドラゴレゴレくださいな」

「あいよっ！　ドラドラゴレゴレね！」

手慣れた様子で流れるように注文し代金を払うマイオドール。ちなみにドラドラゴレゴレとは、そのままドラゴン焼きとゴーレム焼き2つずつ、という意味である。

「マイ嬢。俺が払うぞ？」

「結構ですわ。本日はわたくしの奢《おご》りです。こう見えてわたくし、自分の稼ぎもございますのよ？」

「ほう？　ツィーア家でも何か商売を始めたのか？」

「それも間違いではありませんが、わたくし、クロと一緒に冒険者をしていますの」

マイオドールの言葉に、ニクをみるシド。

「……といっても、小遣い稼ぎ程度の仕事しか致しませんけれど」

「ほう。だが幼いうちから自分で稼ぐというのはとても大事なことだな。クロイヌ嬢が居れば危険もあるまい」

「当然ですわ。ちなみにパーティーメンバーはもう一人いますのよ」

と、ここでドラゴン焼き、ゴーレム焼きが焼き上がり、ニクが受け取った。

「マイ。どうぞ」

「ありがとう、クロ。うふふ、クロが手渡してくれたドラゴン焼き、おいしいですわ」

「シドも」

「うむ、ありがとう」

そう言ってゴーレム焼きを受け取り、食べるシド。ニクはついでにシドの護衛にもドラゴン焼きを渡して、マイオドールはにこにことほほ笑んだ。

そう。そのために4つ頼んだのだ。護衛にも気を配りつつ、何も言わずとも息の合った所を見せつけるという高等テクニック。これを見せつけるために――

「美味《うま》い！　確かにクロイヌ嬢が手ずから渡してくれると、格別な気がするな！」

「焼き立てだからでは？」

――しかしシドは全く意に介さず、ニクに話しかけて笑っていた。むぐぐ。さりげなさ過ぎたか……とマイオドールは己の婚約者がはむはむと大変可愛《かわい》らしくゴーレム焼きを食べるところを見てほっこりしつつ思った。ゴレーヌ村に帰ってきて以来、小動物っぽさに磨きがかかったような気もする。

「……あら？　クロ。なぜドラゴン焼きが余っていますの？」

「おまけでくれました。……ミチルにあげてきましょう」

「む。そいつが先ほど話していたもう一人、か？」

「ですわ。となると次はオフトン教教会ですわね」


ドラゴン焼きを手土産に、オフトン教教会を訪れる一行。

「これが本家オフトン教教会か……すごいな、魔道具がこんなにも使われているとは」

「ドラーグ村にも教会を作ったと聞きましたが、違うのですか？」

「ああ。だがあちらはあちらで風通しの良い快適な空間になっているぞ。……ふむ、本当に本棚には本があり、読み放題なのか」

「信者であれば、ですわ」

そう言ってマイオドールは胸元からオフトン教教会の聖印――穴あきコインのペンダント――を取り出した。併せてニクも聖印を取り出し、ぶつけ合ってチリンときれいな音を鳴らす。いつの間にか定着していたオフトン教の挨拶。マイオドールは銀製、ニクは銅製の聖印だ。

「そうか、なら俺も問題ないという事だ」

シドも、同じく胸元から聖印を取り出す。マイオドールと同じく銀製だった。

「あら。シド様もオフトン教に入ったのですわね。でも詰めが甘いですわよ？　お忍びで庶民の服装をするのであれば、銅製の聖印を持っておかなければ」

「裕福な商人という設定だから銀でも良いのだ」

ニク、マイオドールの聖印とぶつけ、チリンと鳴らすシド。まぁ下手にボロが出るより

は賢い選択か。とマイオドールは思った。

「くんかくんか……はっ！　これはゴーレム焼きの匂い！——ちがった、ドラゴン焼きでしたか！　食べてもいいので？　いいので！　わーいニクちゃんありがとーもぐもぐ」

と、いつの間にか子供3人が子供4人になっていた。ニクが持ったままのドラゴン焼きに食らいついているピンク髪のシスター幼女、ミチル。

「な、な、ななっ……おま、なんて格好してるんだ!?」

「は？　あ、初めて見る人だ」

と、シドに言われてミチルは自分の姿を見直す。……ミチルにとっては普段通りのシスター服である。ただし、それは謎の力でぴっちりと肌に張り付き、布が薄くなり、胸やお腹《なか》の白い部分では肌の色が透けるようですらあった。

「……言われてみれば、ミチルちゃんのシスター服ってなんかおかしいですよね？」

「そうですか？　普通だとおもいますけど」

と、マイオドールは教会で働く他のシスターをちらりと見る。……ミチルと同じような状態で、しかもスタイルのいい身体のせいで目の毒加減がマシマシであった。これが教祖《ケーマ》

の趣味なのであろうか。

「服は使い続けてると布とか薄くなりますよね！　あとは静電気ってやつのしわざですね。こう、服が体にぴっちりくっつきやすい体質なんです。普通です普通！」

本に書いてありました！　とミチルは胸を張って言う。シドは直視できずに目を逸《そ》らした。


「で、マイ。この子はだれです？」

「わたくしの知り合いで、シド様というの」

「……シドだ。その、少しは恥じらいを持った方が……」

「ミチルですよろしく！　なるほど、シド君は恥じらいがある方が好きなおませさんなんですね！　覚えました！」

「なっ！　ちょ、ち、違うぞクロイヌ嬢！　俺はそんなつもりで言ったわけじゃ！」

必死に弁解するシド。それも、ニクに向かって。

これは流石《さすが》にマイオドールも察した。そういうことかと。そして、シドにしっかりと言っていなかったことがあったと。

「シド様。そういえば一つ言い忘れていたことがありますの」

「ん？　なんだマイ嬢」

マイオドールは、ニクの腕をとって組む。

「クロ様はわたくしの婚約者ですので、ダメですわよ？」

「……は？」

シドは目をぱちくりとさせた。

「……同姓同名の別人ではなく？」

「このような名前、ほかに居ませんわよ」

「……男だったのか？」

「いえ、わたくしもクロ様も女の子ですわ。シド様もご存じでしょう？　性別を変える魔法薬があるということは」

混乱が収まらないシドに、マイオドールは淡々と事実を告げる。

言われてみて、思い返せば確かにケーマはドラゴン退治の英雄とマイオドールの婚約者が別人だとは一言も言っていないことに気づくシド。

「……た、確かにあるが、え、その……え？　女同士で……身分も……？」

「シド様。ツィーア家は、わたくしは、それでもクロ様と結婚しても良いと、するべきだと、むしろしたいのだと表明させていただきますわ！」

「ぐっ……！」

一切の戸惑いのないマイオドールの宣言の前に倒れそうになるシドだが、なんとか踏みとどまる。

「そ、そうか……祝福させていただこう、マイ嬢」

「ありがとう存じます、シド様」

ペこり、と頭を下げるマイオドール。

実はシド、「次期領主の座を弟に譲ってクロイヌ嬢とドラーグ村を治めるというのも良いな」とか、「クロイヌ嬢と結婚したら……に、ニク・パヴェーラとなるのか？　い、いや、ここはニク・クロイヌ・パヴェーラとして普段はクロイヌと呼べば……」とかいう妄想もしていた。……所詮は儚《はかな》い幻想であった……

と、そんなシドのニオイをくんくんと嗅ぐミチル。

「シド君からすごく美味《おい》しそうな匂いがします！　シド君、よかったら私が慰めてあげますけど！　シド君カッコいいので、添い寝もＯＫですよ！」

「い、いや、結構だ……今はそっとしておいてくれ」

「ミチルちゃん、今はそっとしておいてあげたほうが良いですわ……シド様は、初めての恋に破れて傷心なのですから」

「いや、初恋で言ったらお前……」

「何か言いましてシド様？」

「いやなんでもない」

マイオドールはわざと聞こえなかったフリをし、シドは取り繕うようにそれに乗った。

恋した相手が初恋の人の婚約者だったなんて、あまりにもあんまりである。……傷が深くなる前で良かった、と言うべきだろう。それでも色々と衝撃的すぎたが。

「？　大丈夫ですか？　休んでいかれては？」

「あ、ああ。親切痛み入る。だが、今日のところは帰らせてもらうよ」

ニクが小首を傾《かし》げてシドに聞く。う、やはり可愛い。とシドは複雑な気分になる。

「シド君、また来たらよしよししてあげますから、いつでもどーぞ！　オフトン教はすべてを受け入れます、お悩み相談も受け付けてますよ！」

にぱーっと明るい笑顔のミチル。その笑顔にシドが少しだけ救われた感じがしたのは、小さくてもさすがオフトン教シスターであると言えよう。


そうしてシドは、ふらりふらりとどこか覚束《おぼつか》ない足取りで、護衛に支えられつつなんとか帰っていった。

マイオドールは、ケーマに「無謀にもクロ様に恋しているようでしたから、引導を渡してやりましたわ！」と報告し、シドの様子から色々察したケーマによってこの件はそっとなかったことにされた。

ロードル伯爵　Ｓｉｄｅ

シドがすっかり意気消沈し、部屋に閉じこもって早３日。

「今が好機なのでは？　と思うのだが、どうじゃ」

「いやいや旦那様。ゴレーヌ村を乗っ取る計画ですよね、さすがに不味《まず》いのでは？」

「馬鹿者！　それはシド様から止められておる！　口を慎むのじゃ！」

「も、申し訳ありません旦那様！　では、何の話なのでしょうか？」

　ロードル伯爵は、ニタリと笑みを浮かべる。

「うむ。ワシらはゴレーヌ村を見習って、似たような施設を建てたりしている。が、これはまったくゴレーヌ村を害すためではないのだ」

「は、はぁ？　つまり？」

「察しが悪いのぉ。つまり、ワシらがゴレーヌ村を参考に作った施設によって結果的にゴレーヌ村がなんやかんやして、なんやかんや全てワシのものになるのは不幸な事故でありワシは悪くないということじゃ！」

　ゴレーヌ村を見習うという建前を置いているが、つまりは乗っ取り作戦である。ロードル伯爵はこの辺りの言い回しでどうにかなると思っていた。実際、シドが意気消沈している今なら何とかなるだろう。

「なるほど！　さすがは旦那様です！」

「カッカッカ！　それでじゃ、いまだに手を付けていないモノに手を出そうと思うてな」

「なるほど。……しかし旦那様？　いったい何を？」

　果たして何をする気だろうか。と家令はロードル伯爵の言葉を待つ。

「ダンジョンを作るのである！」

「……ダンジョンを、でございますか？」

その突拍子もない対象に、家令は思わず聞き返す。

「うむ。やはりゴレーヌ村の中心となっているのはダンジョンであるよ。ゆえに、まずそれがないことには話にならぬことに気づいたでな」

「あの、旦那様。ダンジョンとは作れるものなのですか？」

「む、知らんのか貴様。遅れておるのぉー……とはいえ、ワシもこの間知ったばかりなのじゃが、聖王国では『人工ダンジョン』と呼ばれる技術があるらしいのだ」

家令には初耳であった。

「はぁ。そうなのですか？　聖王国はすごいのですねぇ」

「うむ！　というわけでな、聖王国のツテからちょいっと買ってみたのよ」

「ほほう。……え、買ったのですか!?」

「まだ契約だけじゃがな。あと正確には人工ダンジョンの種を買ったのじゃ」

それもまた初耳であった。そして、ダンジョンを作るような新技術、安い買い物であるはずがない。収支をやりくりしている家令としてはせめて一言言ってほしかった。

「いやぁ良い買い物じゃった。本来であれば金貨5000枚のところ、なんと金貨5枚と倉庫の中で埃《ほこり》をかぶっていたガラクタと交換で良いとのことじゃったからな！」

「え、だ、旦那様。それ詐欺じゃないんですか!?　代々伝わる家宝とかと交換したりしてないですよね!?」

元値が高すぎるが、実際の価格が不自然なまでに安くなりすぎであった。

「舐《な》めるでない！　さすがに家宝とガラクタの区別くらいつくわ！　くれてやるのは本当に古いだけの使い道のないただのガラクタよ。ただ、それはたまたま光神教聖女様所縁《ゆかり》の品らしいのでな、博物館に飾りたいのだそうだ」

確かに納得できなくもない理由である。

「それは……というか、騙《だま》されてませんかな？　ほかに何かあったりは」

「そうじゃのう、あとは将来ゴレーヌ村を我がものとした暁にはダンジョンコアの破壊権を、ということでサインしてやった程度であるな。その時は新たな人工ダンジョンの種をくれるということじゃったから、ダンジョンコアを破壊したのち改めて人工ダンジョンを作ってやれば文句も無かろうて」

「なるほど。結果的にはダンジョンが人工ダンジョンに置き換わるだけなのですな」

自分のものではないダンジョンについての空手形。実際の出費は0に等しい。美味《うま》い話過ぎて逆に怪しくなってくるが、ダンジョンの破壊は光神教の教義である。そういうこともあるのだろうと、多少は納得がいった。

「しかも、人工ダンジョンは人の手で難易度を調整できるとのことであるぞ？　まさに新時代の、管理されたダンジョンというものよ！」

「なんと、それは素晴らしい。まさに夢のような話ですな！」

「将来的にはもう2個ほど種をもらってじゃな、初級、中級、上級と難易度別に並べるというのも良いじゃろう！　どうじゃ！　夢が広がるのぅ！」

「あらゆる冒険者が集う聖地となりますな！」

今回の契約にない分は種1つで金貨5000枚を取られるのではないか、ということはロードル伯爵の頭からはすっぽりと抜けていた。


こうして、ロードル伯爵の手により新たなダンジョンが作られることとなった。

ただし、人工ダンジョンを作るにはいろいろと制約があるらしく、運用のための指導員が送られてきた。その指導員こそ聖王国は光神教聖女アルカ。ロードル伯爵は以前偶然にも顔を合わせたことがあった。

「おお、これはこれは聖女アルカ・ル・リ・チウム・ニケ・ハイドライド様。ようこそおいでなさいました」

「……ひとつ、訂正いたしましょう。先代聖女は死にました、私はアルカ・ル・ニケ・ハイドライドと申します。気楽にアルカとお呼びください」

「ええ、ええ。そうでしたな。アルカ様」

聖女アルカは、帝国から入国禁止を言い渡されている。だがそれは先代のアルカ・ル・

リ・チウム・ニケ・ハイドライドに対してであり、今の聖女には関係ない。と、そういう屁理屈《へりくつ》であった。

指導員が聖王国でも重要人物である聖女アルカということもあり、後ろで控えていた家令もすっかりこの話を信用した。

「この度は私どもの提案を受け入れていただき、誠に感謝いたしますわ。伯爵様」

「カッカッカ、なぁに、ワシにも利益があると判断したから受けたまで。ですがかの聖女様とまたお会いできるとは、光栄ですなぁ……おっと！　我々は初対面でしたな！」

「ええ。ですが、先代も伯爵様に感謝を述べておりましたよ。それは私が保証します」

にこりと笑うアルカ。お互い、建前が建前でしかないことをしっかりと分かっていた。

「ご希望の品は、こちらでよろしかったですかな？」

「はい。ありがとうございます」

ロードル伯爵は代価に要求されていたガラクタを袋に入れたままアルカに渡す。アルカはそれを確認せず【収納】へと片付けた。

「……袋の中を確認しなくてよいので？」

「伯爵様を信用しておりますれば。では、早速ですが人工ダンジョンの種を植えに行きましょうか」

　そう言って応接室の席を立つアルカ。早くダンジョンが欲しいロードル伯爵もこれに否はなく、屋敷の外、そして村の外へと向かった。

「人工ダンジョンを敷設する場所は、コツがあるのです。……魔力《マナ》、地脈の流れというものがありまして、それが滞っていない、清涼な地に作る必要があります」

「ほう。そうなのですか」

「はい。この人工ダンジョンは、従来のダンジョン……天然ダンジョンと申しましょう。その天然ダンジョンと異なり、マナの流れを阻害しない、正しい存在のダンジョンなので、そのような清く正しい正常な地に作る必要があるわけです」

　そう言って目を細め、ロードル伯爵には見えない何かを見る聖女アルカ。村の周囲は適していないのか、スタスタと歩いていく。ロードル伯爵と家令もこれに付いていった。


　そうして、聖女は村から少し離れた場所に目星を付ける。

「ここに入口を作りましょう」

　と、懐から、装飾の入ったガラスの瓶を取り出した。その中には、黒くて丸い、ぷよぷよしたモノが入っていた。

「こちらが、ご所望の人工ダンジョンの種——ダンジョンシードですわ」

「ほほぉ……何やら、黒いスライムのようですな？」

「フフフ、これがしばらくすれば人工コアとなり、人工ダンジョンを作るのです」

瓶の中身をぽちょん、と地面に落とす。黒いスライムのようなそれは、地面を溶かして抉《えぐ》るように吸収しつつ、埋まっていった。

「明日には、管理部屋が出来上がっているでしょう。続きはそれからですね」

「結構簡単なもんなんですな？」

「ええ。人の手で管理された正しいダンジョン、それが人工ダンジョンですので」

翌日、ダンジョンシードを落とした場所に改めて来ると、そこには地下への入口ができていた。ドラーグ村において、新たなダンジョンが生まれた瞬間であった。

ケーマ Side

その妙なニュースは、ギルド経由で俺の下に届けられた。

ゴレーヌ村冒険者ギルドの受付嬢兼支部長のシリアさんが俺に指名依頼があるということで応接室に通す。するとどうも、ドラーグ村付近に『新しいダンジョンが造り出された』ので、その調査を依頼したいとのことで。

「……新しいダンジョン？　ドラーグ村付近に？」

そんな場所に俺たちはダンジョンを作った覚えはない。イッテツの方でイグニが遊びに行くための通路でも作ったのだろうか——と思ったが、どうもそうではないらしい。

「はい。なんでもドラーグ村で『開発した』ダンジョンだそうです」

「開発した、ねぇ。妙な言い回しですね」

「聖王国の技術で作られた『人工ダンジョン』だとか。人の手で完全に管理できる、新しい形の、『正しいダンジョン』だそうです」

聖王国、と聞いて真っ先に思い出すのは、帝国に出禁を食らった聖女アルカである。以前『欲望の洞窟』の一室が黒スライム狼《おおかみ》に占拠されたとき、退治を申し出て、あわよくばウチのダンジョンコアを破壊しようとしてきた危ない女だ。

そして、初めて聞く『人工ダンジョン』なるもの。怪しい。怪しすぎる。ダンジョンぶっ殺主義の光神教を国教とする聖王国が、わざわざ敵であるダンジョンを作る技術を開発したとか、陰謀めいた何かしか感じない。絶対裏があるだろそれ。

「そもそもダンジョンは無限の富を生む場所ですから、それを完全に否定するという事は国際社会的にはマイナスが多いんでしょう」

「それで、『正しいダンジョン』、『人工ダンジョン』を造った、というわけですか」

「でしょうね」

シリアさんはクイッと眼鏡の位置を直した。

「人工かどうかはさておき、ダンジョンともなればギルドとしては難易度を測る必要があります。……現在先行して確認されている内容として、妙に弱いアイアンゴーレムが出てくるとか」

「へぇ、妙に弱い？　人工ダンジョンだからでしょうか」

「その可能性はありますが……錬金術師に成分を調べさせたところ、どうやら鉄素材としてはかなりの粗悪品であるという事が判明しました。割合としては微量ですが、毒となる鉱物も含まれているそうです」

何それ怖い。

「それは大丈夫なんですか？」

「取り扱い注意ですね。ギルドとしては、ダンジョンの入口に検問を作って確実に回収する必要があると判断しました。現在調査依頼を出すとともに急ピッチで検問所を作っています」

尚《なお》、ゴレーヌ村の『欲望の洞窟』から獲《と》れるアイアンゴーレムの方が圧倒的に質が良いため、優位性は覆らないだろうとのこと。

「で、一応俺にも調査してほしいと」

「実績がありますから。適任でしょう？」

確かに実績だけで言えば、『欲望の洞窟』を奥の奥まで知り尽くすほどに探索しているし、『火焔窟《かえんくつ》』だって5層目ボス部屋までの完全な地図を作ったりしたこともある。

ただしこれ、運営と結託しての嘘《うそ》実績なんだよな！

というわけで、今回はお断りしておくことにする。俺のBランクはお飾りだぞ！

「最近は村長や教祖としての仕事が忙しいから断りたいですね。他にも依頼を出してるならそれで十分でしょう」

「……まぁ、仕方ありませんね。完全に管理されているという触れ込みが確かであるなら大きな危険は無いでしょうし、おっしゃる通りにいたしましょう」

はぁ、とため息をつくシリアさん。あっさり引き下がったな。

「もしもの時には救助依頼を出すので、その時はお願いします」

「……まぁ、分かりました」

本当に管理されてるなら問題ないんだろうし、約束しておこう。でも俺知ってる。これ絶対暴走するやつだよね？　俺は詳しいんだ。

あ、イッテツあたりに『人工ダンジョン』について聞いとくかな。あとハクさんにも報告上げとかなきゃ……

で、翌日。俺は「忙しいから調査依頼はしない」という前言を撤回して、ドラーグ村は

『人工ダンジョン』へとやってきたのであった。

お供にイチカ、ニク、そして『火焔竈』からの調査員としてイグニ。４名体制でダンジョンに潜ることに相成った。イチカはメイド仮面の格好である。

ハクさんは『人工ダンジョン』についての情報は得ていたもののその実態についてはさっぱり分かっておらず、イッテツに至っては完全に初耳であり、全く新しい情報は得られなかった。ついでにイッテツからは「なんか体に違和感があってなァ、そいつのせいかァ？　調べてくれやァ」と頼まれイグニ《イグニ》を派遣されたのである。一応、調査員をつれての護衛依頼という体裁であるが、その調査員が単体で俺たちの誰よりも強いので、何かあった時は頼りにさせてもらおう。


建設中の検問に依頼票を見せて通ると、唐突な下り階段があった。ウサギダンジョンを思い出す。あれも草原に唐突に下り階段があったもんだ。

「ふむ。どうやらかなり新しいな。階段の角も欠けてないし、コケなんかも生えてない」

「ご主人様、それ前にウサギんとこでベテラン冒険者がやっとったヤツやろ。それに新しいのは最初から分かっとるやん」

やってみたかったんだよほっとけ！

と、そんなわけで階段を降りると右手側に『関係者以外立ち入り禁止』の部屋があり、正面がこのダンジョンの順路となっている。この右手側の部屋の奥には、『管理部屋』がありそこに人工ダンジョンのコアが置いてあるそうだ。……イグニが俺の服を引っ張る。

「おっちゃん、こっち見たいんだけどダメ？」

「一応ギルド経由で許可は貰《もら》ってあるからいいけど、何にも触るなって話だから見るだけだぞ」

「はーい！」

と、管理部屋に入る。……そこにはダンジョンコアが置いてあった。ただし、色は黒色。本来のダンジョンコアが白く光る玉なのに対し、暗く沈み込むような黒い玉。これが光神教の言う『正しいダンジョン』のコアなのか？　と疑問符を浮かべざるを得ない。

さらに言うと、黒いダンジョンコアにはケーブルのようなものが繫《つな》がっており、その反対側は液晶モニターのようなものに繫がっていた。モニターらしきものの表面は黒い。ここに管理用の何かしらが表示されるのだろうか……？

「みるだけー、みるだけーっとね！」

ごそごそ、とイグニは胸元に手を突っ込み、角ばった石を摑《つか》んで取り出した。ツィーア山のどこにでもあるような何の変哲もない石だ。

「なんだその石ころ？」

「石ころじゃないよ、イシムシだよ！　一番ちっちゃいヤツもってきた！」

にょきり、と石の下から甲殻類の足が生えた。ヤドカリみたいだ。これはどうやら『火焔窟』のモンスターらしい。そうか、触るなとは言われてるけど、置いてくなとは言われてないもんな。生きた監視カメラだ。

……と、そういやここがダンジョンなら、逆に俺たちの行動も監視されてるのではないかという可能性に気づいた。現状で見ていなくても、モニター機能が使えるのなら録画という手もあるのだ。やべぇ。

俺は、とっさにイグニが置こうとしたイシムシを横から取り上げる。

「おいおい！　こんなイタズラするなよ、俺が叱られるだろ！」

「ちょ、なにすんのさおっちゃん！」

ぴょい、ぴょいと俺からイシムシを取り返そうとするイグニに、俺はそっと耳打ちする。

「……イグニ、今更だが、あまり余計なことは言うな。一応ここはダンジョンだ」

「え？……あ」

大人しくなったイグニに、俺はイシムシを返す。イグニはそれをしょげた様子でしまった。うんうん、イタズラを咎《とが》められた子供って感じがしてていいぞ。

だが、『管理部屋』に監視は置いておきたい。……いや、あとでクモでも送り込んでおこう。だれか関係者が入る場所なんだ、一緒に虫がまぎれてたところで不思議はない。

俺たちは人工ダンジョンの調査を再開することにした。次は関係者以外立ち入り禁止ではない、一般冒険者たちが入れる場所の調査だ。

「ねーねーちっこいの。たしか、ゴーレムが出てくるんだっけ？」

「はい、そう聞いています」

イグニの質問にニクが答える。

まるでその答えを待っていたかのように、曲がり角でばったりとゴーレムとエンカウント。イグニは大きく息を吸って――

「【ブレス】！……よし！」

――ごぅ！　と炎を吹き、ゴーレムを溶かした。そして漂う卵の腐ったような硫黄臭。

……うげ、鼻痛い。これあれだ、硫化水素的な？　俺はなるべく呼吸しないようにしつつ【浄化】を唱えた。

「……イグニ、ブレス禁止」

「え、なんで？」

「臭くて毒っぽい。ガスマスクが欲しくなるな……って、ニク、大丈夫か？」

見ると、ニクが珍しく表情を変え――涙目で鼻を押さえていた。犬獣人の鼻にはきつ過ぎたらしい。

「らめれふ……」

「慣れれば多少ましになるとはいえ毒っぽいからなぁ……【浄化】するから息止めてろ」

俺はニクの鼻の中を洗浄する感じで【浄化】を使う。ニクは一瞬びくんっと体を震わせて、すぐに調子を取り戻した。

と、俺がニクを治している間にイチカとイグニがゴーレムを調べていた。

グリグリと指をゴーレムに押し付け、それをペロッと舐《な》める。

「あー、これ大半は鉄やけど、砒《ひ》素《そ》とか鉛、硫黄に銅とか、パッと見ただけでいろいろ混ざっとるなぁ」

味で分かるもんなのか。それとも食べたものを鑑定するスキルでも持ってんのかイチカ。

「うん、ちょっとおいしそうだよね！」

「……イグニちゃん、ゴーレム食うんか？」

「うん——あ、アタシじゃなくてドラゴンがね！　ドラゴンがこういうの好きなの！」

イチカの質問に、先ほどの俺の忠告を思い出したのか言い換えるイグニ。

「……そういや前に白い皿を好んで食う狼型スライムとかいたわなぁ。モンスターともなると人間の食べ物やないモンも食えるんやな」

「ちょっと毒っぽい方がぴりりとして酒の肴《さかな》に良いんだ——ってかーちゃんが言ってた」

「鉱物の毒だと、体内に蓄積する毒が多いんやけど？」

色々生態が異なりすぎて毒とかがあまり参考にならないのがモンスターだ。生物っぽいのはさておきスライムやゴーストは完全に異なるし。ドラゴンもきっと鉱毒を排泄《はいせつ》なり無毒化なりできるタイプなんだろう。

「事前情報で聞いた通り、毒含む混ざりモンの多いアイアンゴーレムってとこやな」

一応、今回出たゴーレムについては鉄が一番多いからアイアンゴーレムではある感じだった。脆《もろ》いのは、混ざりものが多くてうまくつながっていない箇所が多いかららしい。

ゴーレムの残骸を【収納】に回収して探索を続けたが、ゴーレム以外の敵が出てこない。

「トラップ、全然無いなぁ。事前に聞いてたとおりやけど」

斥候のイチカがぺちぺちと石壁を叩《たた》く。

「イグニは何か分かったか？」

「んー。びみょう。ただ、このダンジョンが位置的に『火焔窟』にめり込んでる感じはするかな？」

となると、イッテツの感じた違和感というのはこのダンジョンのことに違いない。俺たちがダンジョンに穴をあけたときはしっかり反応して突撃してきたくらいだし、『ダンジョンに穴が開きそうな感じ』みたいな感覚があってもおかしくないだろう。

「ニクは……ああうん。おんぶしようか？」

「……すみませんご主人様。お役に立てず……」

ゴーレムの異臭にすっかりグロッキーなニクを背負う。まぁニクがいち早く反応してくれるおかげで俺は嗅ぐ前に【浄化】できてたから、役に立ってなくはないぞ？　うん。

まぁそろそろ【収納】も満杯なので今日は帰ろうかということになった。

結局、普通に探索するだけで終わった。丁寧に体を【浄化】しつつ、回収したゴーレムについては検問で引き渡し、その場で換金。買取価格は『欲望の洞窟』でとれるアイアンゴーレムの3分の1程度であったが、素材の悪さを考えれば『まぁそうなるわな』といったところだった。……尚《なお》、ゴーレムの指一本分だけイグニがちょろまかしてたが、バレなかったようだ。うーんザル警備。でもそんなもんだよね、人間だもの。

そして念のため翌日もう一回行ってみよう、という事になったんだが――

「初めまして、ケーマ様。光神教聖女、アルカ・ル・ニケ・ハイドライドと申します。気楽にアルカとお呼びください」

「……いや前にもお会いしましたよね？」

ダンジョンの入口で、見覚えのある緑髪の女性、光神教聖女アルカが待っていた。何でいるのコイツ。帝国出禁になってたはずでしょ？　ハクさんから聞いたよ？

「うふふ、ケーマ様の目は誤魔化せませんね……これも愛ゆえにという事でしょうか。ですが、多少込み入った事情がございまして、ケーマ様の気持ちに今はお応えできないのが悔やまれますわ」

「いや普通に誰が見ても分かりますって」

「ちなみに一応儚くなられた『先代聖女』のアルカ・ル・リ・チウム・ニケ・ハイドライドとは別人であるという建前になっておりますので、ご了承ください。ああ、名前が似てるのは聖女は襲名制だからです、不思議ではないですよ」

建前とか言い切っちゃったよこの人。ハクさんに通報しなきゃ。あと儚《はかな》くなってもお前復活するだろ。知ってるんだぞ？

「で、なぜ聖女様が？」

「うふふ、ここは人工ダンジョンですから。私が指導員をしているのです」

「聖王国で作られた、って話でしたか」

「はい。なんなら、ケーマ様のゴレーヌ村にもつけましょうか？　いまあるダンジョンの代わりに、この正しいダンジョンを」

「お断りします」

「……ふふ、相変わらずですね、ケーマ様」

何が楽しいのか、口元を手で隠して笑う聖女アルカ。……うん、ウチのオフトン教にも聖女が居るから名前を付けないと判別できなくなっちゃったな。不本意だが、名前で呼ぶことも検討せねば――と、そこでイグニが俺をつんつんとつついてきた。

「おっちゃん、この人誰？　知り合いなの？」

「ん？　ああ。光神教の聖女様だ……あんまり近寄らない方が良いぞ」

と、イグニを背に隠すように立つも、アルカは横をすり抜けるようにイグニに挨拶をする。胡《う》散《さん》臭《くさ》いスマイルを浮かべつつ、右手を差し出す。

「アルカです。よろしくお願いしますね、お嬢さん」

「……おう？」

首を傾《かし》げつつ、握手するイグニ。そして次に、メイド仮面1号と化しているイチカににこりと笑いかけるアルカ。

「……時に、そこの仮面の人は……イチカでしょう？　なぜそのような仮面を？」

「事情があるんやで、お互いさまや」

イチカには地味に聖女の接客を任せていただけあって、仮面をつけていても判別できる程度には仲が良いようだ。ともあれ、その聖女を加えての2日目の探索となった。


1日目と同じように、2日目も脆いゴーレムしか出てこなかったし、罠《わな》も無かった。アルカが率先してゴーレムを大槌《おおづち》で排除してくれるので俺達《たち》が戦うこともなかった。

「やはりこのゴーレムには槌が良いですね」

前使っていた武器とはまた違うが、アルカはダンジョンぶっ殺主義の聖女として色々な武器に精通しているらしい。相手によって使い分けるそうな。

「さて、このダンジョンの安全性が分かっていただけましたか？」

「……まぁ、ゴーレムに毒があるくらいですね」

「そうですか？　この程度耐性があれば何の問題もありません」

ゴーレムの残骸をひょいと抱えて運ぶアルカ。

「まだ心配というのであれば、ケーマ様には特別に、実際に管理している所を見せて差し上げましょう」

「えっ、よろしいので？」

「ええ。私とケーマ様の仲ですから。なにせ……んん、特別ですよ？」

アルカの提案は、願ってもないことだった。


俺達はアルカについて改めて関係者以外立ち入り禁止の『管理部屋』に入る。……昨日も見た、黒いダンジョンコアにケーブルとモニターのような石板《タブレット》。聖女は迷うことなくその石板に手の平を当てる。するとダンジョンのメニューのような半透明の画面が、石板から少し浮いたところに現れた。……あ、そうなるんだ。へー。

「どうですか？　こちらがダンジョンを管理する魔道具です」

「驚きました。こんな魔道具だったのですか」

画面を見ると、そこには3つの項目と、対応した3つのゲージがあった。

『出現種類』『出現頻度』『難度』で、それぞれ今は『最低値』『中間』『最低値』……ふむふむ。簡易的な設定だな……

「……これでダンジョンを管理しているんですね」

「素晴らしいでしょう？　これが人の手により管理されたダンジョン――『正しいダン

ジョン』というものなのです」

「なるほど……」

あまり細かい設定はできないようだ。どころか、モンスターやアイテムを個別に管理する項目もなく、モニター機能もないのか。とはいうものの、俺に見せるためだけに隠している可能性もあるから油断はまだできないな。

「このダンジョン全体の地図とかをみる、ことはできないので？」

「可能です。やろうと思えば、多少はダンジョンの構造も弄《いじ》れるのですよ」

そう言いつつ、聖女は画面を閉じた。……いろいろ気になる感じではあるが、とりあえず実際に動かしているところが見れただけでも収穫だろう。俺達はまだ引っかかる気持ちを残しつつ、引き上げることとなった。


こうして2日間の調査が終わった。改めてイチカに報告書を書いてもらいギルドへ提出してもらった。罠は無く、出てくるモンスターも脆いゴーレムのみ。現状きちんと管理されていると言えるであろうこのダンジョンは、特に問題がなければ数日後には冒険者たちが入れるようになる見込みだそうな。

イグニはイグニで『火焔窟《かえんくつ》』側からもう一度調べてみるそうだ。……俺もハクさんに報告の手紙をしたためたら、人工ダンジョンにクモでも送り込んでおくとしよう。

　その後、聖女が名前を変えただけの当人であるという抗議をハクさんの方から出してもらいつつ、人工ダンジョンについてはしばらくは様子見ということになった。

ロードル伯爵　Ｓｉｄｅ

　人工ダンジョン『ゴーレムの墓場』が公開され、冒険者たちが入れるようになって早数日。ロードル伯爵の目論見《もくろみ》通り冒険者ギルドの出張所はできたものの、ダンジョン自体はゴブリンの巣になりそうなくらい閑散としていた――否、毒の気配からして、ゴブリンですら立ち入らない始末であった。

「なぜだ!?　冒険者どもは、何故《なぜ》ワシのダンジョンに行かんのだ!?」

　バンバンと執務机を叩いて不平不満を訴えるロードル伯爵。

「は、はぁ……ゴーレムがちゃんとしてないのが問題なのではないでしょうか？」

「敵は弱い方が良いに決まっておろう！　それとも何か、やりがい？　とかいうわけのわからんモンでも求めとるのか冒険者どもは！　金だ、金！　仕事とは金のためにするものよ、それ以外は無いわッ！　仕事しろ冒険者どもッ!!」

「いや、仕事はしているようなのですよ。その、ゴレーヌ村のダンジョンで……」

「なぜだ!?」

「やはり、その、弱いのはともかく毒が問題なのでは？」

「ぐ、ぐぬぬ……」

確かに誰でも『毒がある』と言われたら嫌なものである。そして『ゴーレムの墓場』というネーミングも気にくわない。まるでアンデッドが出てきそうな名前ではないか。

「これでは採算が取れん！　ダンジョンの維持費もタダではないのだぞ!?」

そう。人工ダンジョンは、当初設置した時こそ金貨5枚とガラクタのみの出費で良かったものの、その後の維持費《ランニングコスト》が必要だった。

特にダンジョンに死体――ゴブリンなり、動物なり――を食わせる必要があったのが痛い。ゴブリンなんぞは山の中、森を探せばまぁ居るものであるが、それを狩るのは冒険者である。そして、ダンジョンを運営するロードル伯爵はその死体をわざわざ買わねばならないのだ。

というわけで、ロードル伯爵は指導員である聖女アルカに相談することにした。

「聖女アルカ様！　何か手はありませぬか」

「といわれましても、人工ダンジョンがマナを還《かえ》すためにエネルギーが必要なのです」

「……なんとかならんのですか？　ゴブリンの死体《肥料》を奪うなという農民のクレームもうる

さくてうるさくて……」

「ふむ……それは難しい問題ですね。実は、そもそも人工ダンジョンに人が多く入るのであれば、食べる死体も少量でいいそうなのです」

「なんと!?　ですが、そもそも人が来ないから運営が難しくなっているのですぞ？」

「つまり、人が居さえすればすべてうまく回るようになる。と、そういう事ですね。とにかく人を集める方法を考えてみては？」

むむむ、とロードル伯爵は考える。考えて、考えて、そして、閃《ひらめ》いた。

「そうじゃ！　ありがとうございます聖女様、光明が見えましたぞ！」


そうして、自分の屋敷に戻るロードル伯爵。

「家令！　おい、家令！　聖女様から解決策のヒントをもらったぞ！　奴隷を買って詰め込んでおけば良いのだ！　そいつらの飯代については……奴隷どもにゴーレムを狩らせて賄えばよいのだ！　ハハハ、これでダンジョンが回る、回るぞ！」

「おお！　そうなのですか？　名案ですな！」

「よしよし、そういうわけじゃから買ってまいれ。あ、犯罪奴隷で良いぞ、死んでも良い安上がりなヤツで済ませよう」

「はっ、直ちに！」

こうして、ドラーグ村の人工ダンジョン『ゴーレムの墓場』に犯罪奴隷が集められた。

ケーマ Side

人工ダンジョンこと『ゴーレムの墓場』がオープンしてしばらく経《た》ったものの、イッテツが違和感を感じるだけで特に問題も出ていない。違和感についても慣れてしまったそうで気にならなくなったそうだ。

しかしいくら出てくる敵がゴーレムだけで、しかも比較的弱いとはいえ、毒を含んだゴーレムを積極的に狩りたいという冒険者は少なかった。

これではせっかくオープンしたダンジョンが利益を生まない。そこでロードル伯爵が打ち出した対策、それがダンジョン探索用に犯罪奴隷を買ってくること。本来のお客様である冒険者を無視しているという一点を除けば、わりとアリな手段である。(ギルドの検問もあって冒険者でないとダンジョンには入れないのだが、伯爵は奴隷を冒険者登録させてごり押ししたらしい)

「……」

で、パヴェーラからだけでなくツィーアからも奴隷を買ったようで。『ゴーレムの墓場』に作られていた一室、そこに潜り込ませたクモから見た光景は、なんとも異様なものであった。

普通、犯罪奴隷というものはかなり目つきが悪かったり言う事を中々聞かなかったり、やさぐれているものだ。にもかかわらず、ダンジョンに連れ込まれていた犯罪奴隷の半数がキラキラした瞳で積極的にゴーレムを狩りに行っていたのだ。

そいつらは、ツィーアから購入された犯罪奴隷であった。

さらに言えば、以前俺が潰した犯罪組織『ラスコミュ』の連中であった。

さらにさらに言えば、そいつらは俺（サキュマちゃん）が魅了して「頑張って罪を償ってね！」と応援した奴《やつ》らであった。

「どーしたのケーマ？　浮かない顔して」

自部屋で『ゴーレムの墓場』の様子を見ていたら、ロクコに後ろから抱き着かれた。

「ロクコか。いや、過去のやらかしが俺を追いかけてきたってとこかな……」

「やらかしねぇ。……犯罪奴隷たちが関係してるの？」

と、俺の開いていたモニターをのぞき込むロクコ。頬が触れ合いそうな距離。いまだに慣れないやわらかい感触と甘い匂いに少し動揺しつつ、俺はモニターを閉じた。

「ま、まぁそんなとこ」

「ふぅん。前にケーマが犯罪組織潰したヤツが関係してるのかしら？」

ぐ、鋭い。最近のロクコは本当に賢いから困る。ダンジョンの複雑さが人間でいうところの脳のシワに相当してる説が濃厚だな……

ちなみに、犯罪奴隷についてはパヴェーラ組とツィーア組に分けて1日おきに潜らせているようであったので、タイミングを見計らっての接触も難しくないだろう。

「一度様子見に行くか……」

「え、そしたらケーマまた誘拐されたりしないかしら？　大丈夫？」

「……ハハハ、そんなまさか」

でも万一の為《ため》にサキュバス指輪は忘れずにつけておこう。最悪、これがあればあいつらを操れるからな……


そう思っていた時期が俺にもありました。

「お姉様……好きッ！　大好き！　くんかくんか」

「マイシスター！　罪を償っている兄に会いに来てくれたんだね！　感激だよハスハス」

「お母さん！　ああ、お母さん!!　嬉《うれ》しいよまた会えるだなんてふんすふんす」

はいはいみんなの偶像《アイドル》サキュマちゃんですよ。はぁぁぁ……

そんなわけで俺は今、サキュマちゃんになって悪人面に囲まれ、髪の匂い嗅がれまくっていた。髪以外のおさわり厳禁としたのだが、それでもぞわぞわして鳥肌がヤバい。

しくじった。いやね、その。様子を見にダンジョンに行ったんだ。犯罪奴隷どもを遠く

ーはー すーはー
ーはー
すー
ーす

から観察しようとダンジョンの入口から少し離れたところで待機してたんだ。そしたら一人がこんなことを言った。

『このニオイ……お姉、様？』

その一言で、やつらの眼《め》が変わった。獲物を探す狩人《かりゅうど》の目つき。俺は逃げた。とっさにしてはいい判断であったと思うが、逃げた方向が悪すぎた。せめて『欲望の洞窟』のダンジョン領域に逃げればロクコに回収もしてもらえたであろうに、俺が逃げたのはダンジョン領域でもなんでもない森の中だった。捕り物にいろんな意味で慣れているのであろう犯罪奴隷たち。ゴーレムアシストもあるというのにあっという間に囲まれ、逃げ場を失う俺。

そうして取り囲んだ俺を見て『面影がある』『まさか……いや、でも確かに』『もしかして姿を変えてるのでは？』『ありうる』『じゃ、じゃあ、この人の正体は？』『お姉様なの？』『マイシスターか？』『我が娘よ！』『ハニー！』『女王様！』と、各々俺への呼び方はバラバラだがなぜかバレてしまった。恐るべし悪人の観察眼。やつらは獲物をよく観《み》ているということよ……

で、バレたら仕方ねぇこの紋所が目に入らぬかと言わんばかりにサキュマちゃんに変身した。……で、正直便利すぎて変身に際しての心のハードルがだいぶ低くなってしまったこの姿を晒《さら》すと、やつらは即座に正気を失って飛びかかってきたのである。

『と、止まれ！　お座り、ステイ！』

と、俺がそういうと、血走った目のまま停止。しかしいつ我慢の糸が切れるか怪しい状態だった。仕方なく俺は餌を与え鎮静化を狙う方針にし、その目論見のまま今に至る。


「あぁマイシスター……髪だけしかダメなのかい。その、肌に触れたい……っ」

「だ、だめだよお兄ちゃん。お兄ちゃんは罪を償ってる最中なんだからっ」

「じゃ、じゃあこの髪の毛、ひと房持って帰っちゃダメかな、お母さん」

「だめよ坊や、坊やは罪を（略）」

「お姉様、髪の毛を舐《な》めちゃダメ？」

「ダメよ、あなたは（略）」

「ハニー、なでなでして欲しい」

「ダメよダーリン（略）」

「女王様……踏んでくださ」

「だーめ（略）」

こうして、だいぶ落ち着いてきた頃合いを見計らって話をすることにした。……ああ、髪切り落としたいけどそしたらそれ持って帰られてひどいことになるんだろうなぁ。というかこいつら、俺の呼び名がまるでバラバラなのに違和感持たないのかよ。え、俺は一でありꙮ全、全でありꙮだから人によって呼び方が変わって当然？　なにその概念怖い。


「で、お母さんはどうしてここにいるの？」

悪人面のチンピラがキラキラした瞳で俺に言う。

「……ああうん、頑張ってるみたいだから様子を見に来たんだよ」

「そうなんだ！　頑張ってるよ！　えらい？　ねぇえらい？」

「あー、うんうん、偉い偉い。みんな良い子だなー」

俺が投げやりにそう褒めると、全員が心底嬉しそうに笑った。悪人面が緩んでいるのがこうも並んでいると奇妙な感じだ。……そうだ、折角だし人工ダンジョンについて聞いておくか。

「そこのダンジョンについて、何かおかしなことはないか？」

「なんで？」

なんでときたか。まぁある程度こちらが求める方向性が分かった方がどういう事が変わった点かというのも話しやすいだろう。

「突然、人工ダンジョンなんてものが出来てどうしたものか困ってるんだ」

「なるほど。マイシスター、お兄ちゃん達《たち》はそのダンジョンでゴーレムを獲《と》る仕事を任されているんだけれど、確かにあのゴーレムは毒が強いからね」

「心配してくれるだなんてお姉様優しい……っ」

「お母さんを困らせるだなんていけないダンジョンだ！」

「どうどう、どうどう」

なんか各々勝手に話し出して収拾がつかなくなりそうなので一旦止める。……まぁ、単なる労働力にあまり期待するもんでもなかったな――

「そういえば女王様。ここにきて数日ですが、ゴーレムの鉄含有率が徐々に上がっています。買取価格は据え置きですが」

「……それは確かか？」

「間違いありません。しいて言えばツィーア山の溶岩の成分に近くなっているかと」

――俺のことを女王様と称《たた》えるチンピラがそんな重要そうな情報を出してきた。

曰《いわ》く、元々錬金術師で、その手の知識があるらしい。ふとゴーレムの重さが変わっていたので気になって軽く調べてみたそうだ。……なんでそんな奴がスラムで悪人やってたのかは知らんが、まぁそれはどうでもいい。聞くと長くなりそうだし。

「よしよし、とても良い情報だ。褒美をやろう」

「あ、ありがとうございますッ！」

バチン！　と俺はそいつの頬をひっぱたいてやった。いや、これがこいつの喜ぶ事だったんだよ。サキュバス眼《アイ》は分析力なんだよ。

「なんて羨ましい！　ええと、ええと……あっ！　昨日からゴーレムの出現頻度が少し上がってるぞマイシスター！　初日は5体だったのが、今日は6体となってたんだ！」

「抜け駆けはずるいわよ！　お姉様、ゴーレムの体格が若干細くなっていたのよ。これは何か関係するかしら」

「ダンジョンには定期的にゴブリンの死骸を捨てるように言われてるんだけど、お母さん知ってた!?」

「そーそーその死体がずぶずぶとすぐダンジョンに飲み込まれていくんだよハニー！　君にも見せてあげたいくらい刺激的だねッ！」

「ダンジョンの壁を舐めてみたんだけど、間違いなく闇属性だ。毒はなさそうだけど体に良いとも言い難いかな。壁を背にして休むのはやめといたほうが良いぞ我が娘よ」

そして、なんとも使えそうな情報がボロボロと滝のように溢《あふ》れてきた。お前ら、よくもまぁそんな細かいところを……！　なんて無駄に有能なヤツらだ、その才能を良い方向に生かしていればこんな犯罪奴隷になんてならなかっただろうになぁ……


そんなこんなで、なんやかんやその場の全員に『ご褒美』としてなでなでとかハグとかビンタとか踏みつけやらをすることになった。……大量の情報をゲットしたものの、代わりに俺の精神ポイント的な何かを盛大に消費した。コサキについてはしばらく封印だ。ニクに預けとこう……これは使ってはダメな力である。……帰ったらロクコに慰めてもらおう、そうしよう。

元ラスコミュメンバー　Side

やぁ！　僕は迷える子羊、ウォノメ！　僕は今すっごく機嫌が良いんだけど、なんでか分かる？　分かるよね、そう！　愛《いと》しの妹に再会したからさ！

妹は僕らラスコミュが悪さをしていたのを嘆き、罪を償ってほしいと言ったのさ。それで僕らは出頭し、犯罪奴隷として罪を償うことになったわけ！　刑期？　そんなの一々覚えてないけど妹のためなら十年でも百年でも勤め上げるだけさ！

で、その妹がな、な、なんと！　僕らに会いに来てくれた！　ああなんて幸せ！　妹はとっても魅力的で、僕のことを可愛《かわい》い声でお兄ちゃんって呼ぶんだ。それだけでもうドラゴン相手に突撃だってできちゃうね！

ちなみに最初は男の姿に変装してたんだけど、それは仮の姿。照れてたんだろうね。僕らが囲んだらすぐに正体を見せてくれたよ。いやぁ、至福の時だった……妹に鼻の頭ツンツンされて「心配したの……ぐすんっ」って言ってもらえた、もう死んでもいい。いや死んだらダメだ妹の役に立たなきゃ！　お兄ちゃんは頑張るぞマイシスター！

ちなみに妹なんだけど、たぶんオフトン教の女神か何かだね。だって変装してる時にオフトン教の聖印ぶら下げてたし。妹が一信者なわけないから間違いないね。あ、僕はもともと悪神を信仰してたんだけど、もうとっくに捨てたよ。だって妹以外に崇《あが》める神なんていないもんね！　これ常識な！

　これは他の皆も同じ感じで気付いてて、女神とか聖女とか聖母とかの論争は若干あったけど、最終的にあの全てを受け入れてくれる包容力と少しの厳しさから『聖母』で落ち着いた。妹で聖母《ママ》とか最高かよ。

　……そういや妹のことをママって呼んでたジューゴさんは今頃何をしてるんだろうなぁ……まぁいいか、今日も元気に罪を償い、悔い改めよう！


　とはいえ、僕たちが潜る人工ダンジョン。これは妹があまりいい顔をしていないんだよねぇ。明確な言葉にはしてないけど敵意が漏れていた。僕らはこういう気配に敏感だからよく分かる。うーん、もし妹が『邪魔だから消して』って一言でも言ってくれたら、首輪の存在なんて無視してみんなで特攻かますんだけど。聖戦勃発だけど。このダンジョンにはボス部屋とか無いしあの立ち入り禁止の部屋が標的だろうなー。


　と。そんなことを考えていたらこのダンジョンの管理者とかいう伯爵の使い走り、ダストンって騎士が偉そうにやってきた。

「あの部屋にクモの巣ができてたらしい、掃除しとけ。余計なことはするなよ！」

　ほぉー。こいつはいい機会が巡ってきたぞ。巣を作ったクモには感謝だな！

　というわけで、僕は掃除道具を持って合法的に立ち入り禁止の部屋にやってきた！

　おーおー、このど真ん中にある黒い玉が妹を困らせる悪い子ちゃんか？　とハタキでべしべし叩《たた》く。いやー黒い汚れが落ちない。しつこい汚れで真っ黒なんだろうからこれは余計な事じゃない、というわけでガンガン叩く。特に反応もない。真っ黒に汚れてるのが悪いんだよね、というわけでこっそり持ち込んだ金属の塊《ゴーレムのかけら》でガリガリと擦《こす》ってみる。うーん、少し傷が入ったけど中まで黒そうだ。どうやらこれは汚れではないようだからこの程度にしておこう。

　というかこの玉ってただの飾りかな？　まぁいいか、今回は敵情偵察、様子見ということで。でも妹の要請があったらいつでも突撃できるようにしっかり調べておかないとね！


　……とりあえず、掃除もしておこう。クモの巣を箒《ほうき》でささっと払ってっと。

　この黒い玉にくっついてる触手みたいなやつ、なんだろ。掃除の邪魔だなー。つまりこれをどけるのは掃除に必要で余計な事じゃないよなー……ふん！　ふんんッ!!

　くっ、メリッとかベキッとか言うけどなかなか取れない。いいや、今日はこのくらいにしといてやる。掃除掃除っと。しっかしこの黒い玉、やっぱり不気味だなー。黒は黒でもマイシスターの夜空のような黒髪を見習って欲しいってなもんだ。うん、最後にちょっと蹴躓《けつまず》いてうっかり玉にハイキックかましちゃったけどこれも事故だから仕方ない。潰れれば良かったのに。

こうして、部屋の外から中を見ないで魔法ブチ当てられるくらいには物の配置を記憶して、僕は掃除を終えた。え？　報告？　特に言われてないから適当に「問題なく終わりましたァー」と一言だけだよ。え、何か問題でも？　ないでしょ実際。ねぇ？

というわけでマイシスター！　お兄ちゃんは罪を償うために頑張るからなー！

ロードル伯爵 Side

夜中、ロードル伯爵は執務室で一人、祝杯を上げていた。

「カッカッカ！　ようやっとダンジョンも儲《もう》けが出るようになってきたわい」

職人に作らせたガラス製のワイングラスに高級なワインを注ぐ。光の魔道具のランプにワインをかざすと、赤い色が美しく揺らめいた。くるりとグラスを回し、芳醇《ほうじゅん》なブドウの香りを堪能すると、ロードル伯爵はこれをくいっと一口に飲み込んだ。

「……うむ、美味《うま》い！　さすが1本で金貨2枚するだけのことはあるのう！」

じっくりと喉に残る後味を味わいつつ、もう1杯注ぐ。ロードル伯爵は上機嫌だ。なにせ、ようやくダンジョンの収支がプラスに傾いてきたのだ。これで機嫌がよくならないわけがない。ダンジョンの餌に必要なゴブリンも少し減ったし。

これには、購入した犯罪奴隷が思いのほか働き者だったことが幸いした。ツィーアから買った組とパヴェーラから買った組に分けていたが、ツィーア組が積極的にゴーレムを狩っていたので多少優遇してやったのだ。するとそれを見てパヴェーラ組も多少はマシに働き始めた。おかげで、犯罪奴隷たちを買い込んだ分の代金を回収でき、ダンジョン購入のための費用も稼ぎ出せる目算が立ったのだ。

「……ぷはぁ、あー、気分がいいわい。クックック」

尚《なお》、パヴェーラ領主の嫡男シドは相も変わらず落ち込んだままで、今度はオフトン教教会に入り浸っている。それでもロードル伯爵があまり余計な事をできない抑止力にはなるが、人工ダンジョンの運営についてはシドも「事後承諾で勝手なことを……だが、もうあるものは使うしかあるまい」と消極的だが認めている。ダンジョンが安定し軌道に乗るまでは聖女アルカが監視し、何か問題があれば撤去する保証を出したのも大きい。

つまみに用意したゴーレム焼きを手に取り、食べる。ああ、早くこれを我が物にしたいとロードル伯爵は思う。そして、ふと思った。

「そうじゃ、『出現頻度』をもう少し上げれば、より早く稼げるじゃろうか」

酒でほんわかした思考で考えて、それは名案のように思えた。もっとも今も徐々に、聖女立会いの下で『出現頻度』を上げてはいる。だがまだまだ犯罪奴隷たちには余裕があるように思えるのだ。であれば、より数を増やしても何の問題もないだろう。

即断即決。そう思ったロードル伯爵は、一人でこっそりと人工ダンジョン『ゴーレムの墓場』へやってきていた。

許可なく立ち入らないようにと夜中は入口に立てかけられている柵をドラーグ村村長として管理しているカギで開け、ダンジョンに入る。関係者以外立ち入り禁止の管理部屋も、ロードル伯爵は当然関係者であるので堂々と入っていく。

管理部屋の中央にはすっかり見慣れた黒い玉が鎮座ましましており、聖女が『モニター』と呼ぶ石板とつながれていた。

「えーっと、確かこうじゃったなぁ」

べちっと石板に手を当てて、起動させる。ロードル伯爵は管理者として登録されているので、何の問題もなく黒い玉と同じく見慣れたカンイセッテイなる画面が浮き上がってきた。『出現種類』『出現頻度』『難度』の3つのゲージは、それぞれ今は『最低値』『やや高い』『最低値』にセットされていた。

「『出現頻度』をぉ……っと、ありゃ？　手が滑ったかのう」

『出現頻度』を操作したつもりだったのだが、なぜか『難度』が上がっていた。

「戻さねばな、うむ……うむむ？」

『難度』を下げたつもりが、『出現種類』が上がっていた。

「どうなっておるのだ？　これは」

今度は『出現種類』を元に戻そうとするが戻らない。入力を受け付けない。

「む？　操作はあっておるはずじゃが……」

試しにもう一度『出現頻度』を上げようとしてみると、やはり『難度』が上がる。

『出現頻度』を下げたらいいのかと下げようとするが、何も起こらない。

「ど、どうなっておるのじゃ？　ん？　んん⁇」

ロードル伯爵は気付かなかったが、モニターと黒い玉をつなぐ線からビチ、パチ、と何かが弾《はじ》けるような音がしていた。尚も操作をしようと四苦八苦するロードル伯爵。


ブツン。


画面が消える。

「なっ、え、ど、どうしたのじゃ⁉」

画面があったはずのところをバシバシと叩き、ぐりぐり擦ってみたりするも何の反応もない。モニターと黒い玉をつなぐ線からはパチン、バチン！　と先ほどより強く音が鳴っている。更には黒い玉にビキッと大きなヒビが入った。

「は？　え⁉」

これにはロードル伯爵も何かよろしくない事が起きていると気付いた。

「な、何もしてないのに壊れおった！　ワシは悪くない！」

ロードル伯爵がそう言い捨てて管理部屋から逃げるように外へ出ようとしたその時。

足元に『落とし穴』が出現した。

ケーマ Side

「おっちゃん！　助けてぇ！」

イグニが村長邸の扉を破壊して入ってきた。

「おっちゃん、おっちゃぁぁあああん！！！」

泣き喚《わめ》きながら、バタンガキンと鍵のかかった扉をも壊して開けていく音。あまりの騒ぎに俺は起こされた。ただ事ではないと、眠りを起こされた怒りはさておき部屋から飛び出す。

「おいイグニ！　どうした！」

「おっちゃぁああん！　とーちゃんが、とーちゃんが！　助けてぇ！　来てぇ！」

イグニの手足を見ると、半分ドラゴン化していた。これはヤバい。

「わかった、行くから落ち着け。……何があった？」

「ぐすっ……とーちゃんが、その、今朝みたら凄《すご》く具合が悪そうで……っ」

「イッテツの具合が悪い？　どんな感じだ？」

「お、おでこがっ、凄く熱くてっ！　今はかーちゃんが看病してるけど、おっちゃんを呼んで来てくれって……！」

「わかった。すぐ行こう」

どうやらイッテツは『設置』も使えない状態になって、地下のボス部屋でレドラに看病してもらっているらしい。俺はロクコに「ちょっと『火焔窟』行ってくる」と声をかけたのち、イグニに背負われてツィーア山山頂の『火焔窟』入口へと向かった。

以前ダンジョンバトルのときに作られた裏道を使って一気に地下50階まで下り、イッテツとレドラがいるボス部屋までやってきた。うぇっぷ、背負われて酔った……それにしても、とんでもない暑さだ。暑いを通り越してもはや熱い。サウナに入ったみたいな気分だ……あまり長居はしたくないな。

「とーちゃん、かーちゃん！　おっちゃんつれてきた！」

と赤い扉に手をかけるイグニ。ちょっとまってその扉、凄い熱量を感じる。俺は嫌な予感がしたが、遅かった。

「おバカッ！　まてッ、開けるなッ！」

「え？　わぷっ」

レドラの声と同時に開けた扉から、ゴウゥン！　と、火柱が部屋の外に溢《あふ》れ出した。

俺とイグニはそれに盛大に巻き込まれつつ、俺だけじゅわっと燃え尽きた。

「う、ううん……」

……気が付くと、俺は全裸で横たわっていた。いや、上に毛皮のマントをかけられてはいたが。どうやら【超変身】の復活機能が働いてくれたらしい。やれやれ、自分に変身しておいて助かった、死んだけど。

「あ、おっちゃん！　大丈夫!?」

「お、おいぃ……ケーマァ、大丈夫かァ……？」

俺をのぞき込むイグニと、扉越しにイッテツの声。どこか弱々しいのは俺を殺《や》っちまった後ろめたさからか、それとも単に体調の問題だろうか。

「……どれくらい寝てた？」

「5分も寝てねェよ。すぐ扉を閉めて、30秒ってトコでなんか復活したぜェ？　どーなってんだァ、まァ、無事なら良かったけどよォ……」

案外すぐ復帰したな。あーびっくりした。

「一回死んだが……つーか、どうしたってんだ？」

「あァ……悪ィな。体調が悪くてよォ」

よく考えたら炎の大精霊であるイッテツが体調悪くて、フレイムドラゴンのイグニが『凄く熱い』と言うほどの状態になっているのだ。一般人なら近寄るだけでも死ぬ。実際俺は死んだ。……いや死んだんだよな。その事実を思い返すと背筋が凍るものがある。異世界は危険がいっぱいだぁ。

「おっちゃん、火が弱点だったんだな。ごめんな！」

「弱点というか、普通に死ぬだろ……ってそうか、イグニはフレイムドラゴンだからこのくらい平気なわけか」

「うっかりしてた！　ごめん！」

と、ふとここに来た時のサウナみたいな熱を感じないことに気付いた。

「すまねェなァ。俺もケーマを殺《や》っちまったかと思ってゾッとしたぜェ……あァ、レドラに加護を付けてもらったからレドラが生きてる間は火で死ぬこたァねェぞ。念のため扉越しだけどよォ」

ん？　レッドドラゴンの加護とかちょっとレアじゃないそれ。しかもさらりと長期間である。

「アタシのローブとお揃《そろ》いだね、おっちゃん！」

そう言えば俺がくれてやったイグニのローブは、俺が燃え尽きる炎を食らったのにもかかわらず燃え尽きていなかった。……案外、加護って簡単にポンポンつけてるのだろうか。

「まァ服ダメにしちまったからよォ、とりあえずソレやるわァ」

「あー、マント？　全裸マントって締まらないな……」

とりあえず持ち歩いてたＤ　Ｐ《ダンジョンポイント》で下着といつものジャージを出す。……なんかプスプス言ってる……もしかして部屋の温度さらに上がってる？　自然発火レベルに。

「アタシが加護つける！　えい！　はい、これでいいはずだよおっちゃん」

「お、ありがとなイグニ」

　俺は燃えなくなったらしいジャージに着替えた。……そういえばオリハルコンサポーターは……あ、だめだ。オリハルコンが溶けて扉前の地面に落ちてた。【収納】に回収しておく。……オリハルコンが溶ける熱量、そりゃ俺も一瞬で死ぬわ。指輪サキュバスのコサキをニクに預けておいてよかったよ。色々迂闊《うかつ》だった。反省。


「で、体調不良だって？」

「あァ。なんかこう、力を吸われるというか、そんな感じでなァ……」

「……吸われてるのになんで温度上がってるんだよ。むしろ活性化してないか？」

「外から吸われる時はなァ、まず外側の抑える力からなんだぜェ？」

「なるほど？」

　つまり活性化してヤバいと。

「このままだとツィーア山が噴火するぜェ？」

「噴火……え？　急に何の話？」

　イッテツが言うには、ツィーア山は本来ものすごい勢いで噴火してもおかしくない活火山であるが、溢れそうな火の力をＤＰに変換したり食べたりして平穏を保っていた。そして今。その機能が『封印』されつつあり、抑えきれなくなっているとのことだそうで……

「噴火はさておき、『封印』とは……まるでダンジョンイーターだな」

「おォ？　それってケーマが前に退治した虫の話かァ……」

ダンジョンイーターは『父』がダンジョンコアの集会のときに周知したこともあり、ダンジョンコア間でもそこそこ知名度が上がっているらしい。

「あの時もロクコが不調になって、ダンジョンの機能が使えなくなったりしたんだ」

「てェと。俺のダンジョンにダンジョンイーターがァ……？」

「いや。可能性はあるけど原因は別のとこじゃないかと察しもつく」

「あァ……なんとなァく、俺にも解《わか》るぜェ？　原因がなァ」

もったいつけるまでもない、人工ダンジョンだ。十中八九、それが原因だろう。というか、むしろこれ以外が原因だったら困る。

「でも一応ダンジョンイーターの可能性も潰しておいた方が良いから、チェックはしとけ。レドラ、一応ダンジョンイーターはマップにも映ったが、俺の時は一度視認するまでは映らなかった。部下も使ってモニターでしっかり異常が無いか確認するといい」

「わかったッ！『112《イッテツ》』、アタイがしっかり診てやるからなッ！」

扉の向こうでレドラが返事した。

「ケーマァ……人工ダンジョンの方は頼めるかァ？　なんならイグニもつけるぜェ。ぶっ壊すなら役に立つだろォよ」

「ああ。しかし今まで平気だったのに急な話でもあるな……」

気になったので、人工ダンジョンの周囲を見張らせているクモやネズミ達《たち》の視界をモニターに出す。

「……って、なんだこりゃ」

人工ダンジョンの入口。そこには、柵や検問所が飲み込まれるほどに下り階段が巨大化していた。明らかに制御されていない、暴走してるだろコレ。


ネズミに探らせて『管理部屋』がどうなっているか見てみるも、見つからない。どころか、トラップまである始末。どうもダンジョンの構造自体が大きく変わっているようである。こっそり侵入して管理部屋のコアを破壊して、というわけにはいかないらしい。

「イッテツ、噴火はいつまで抑えられそうだ？」

「正直分かんねェ。レドラが居るから俺が倒れても1日は持つだろォが、俺が死んだらレドラもヤベェからなァ。あんま余裕ねェだろうよォ。イグニには火山の制御教えてねェしなァ……」

もしイッテツが死んだ場合はマスターであるレドラも死ぬ。そうしたら即噴火だ。

「分かった。急ぐか」

「頼むわァ……悪ィ、『火焔窟』の外までは自分で帰ってくれやァ」

というわけで、一度村長邸に戻ることにした。

直通通路を戻り、イグニにお姫様抱っこされて『欲望の洞窟』の連絡通路まで向かう。

『火焔窟』との連絡通路である『フェニの箱庭』エリアには、ダンジョンの管理を任せているエルフ幽霊《ゴースト》、エルルが居た。そういや急なイグニ来訪のため基本的にはここに居るんだった。

「あ、イグニ様いらっしゃいませ。と、お帰りなさいませご主人様？」

「やっほーエルル！　でもゴメン、今は遊んでる暇ないんだ！」

「ただいま。エルル、俺を村長邸へ『配置』してくれ。イグニ。イグニは先にドラーグ村の方に行っててくれ」

「わかった！　またあとでなおっちゃん！」

「んん？　なんかわからないですけどお仕事ですか、では『配置』しますね」

というわけで、俺はエルルにダンジョン機能で『配置』され、ゴレーヌ村へ帰還した。


帰還した俺を、ロクコが待ち受けていた。

「おかえりケーマ。お客さん来てるわよ。応接室で待ってるわ」

「客？　誰だろ、急いでるんだが……」

「ギルドの受付嬢よ」

シリアさんが？　と思ったが、さては人工ダンジョンの件での話だろう。すぐ応対しよう。俺は応接室に向かった。

「ああ、ご無事でしたかケーマ様」

そう言ってほっとした表情を見せるシリアさん。イグニが破壊した村長邸の惨状をみて、もしや俺に対しての襲撃があったのでは？　と不安になっていたらしい。

「御心配おかけしました。それで何の御用で？」

「はい、緊急依頼です。依頼内容は、ドラーグ村村長ロードル伯爵の救出です」

「……うん？」

　何か思っていたのと違った。

「なんでロードル伯爵の救出依頼が俺に？」

「実は、人工ダンジョンに呑《の》まれた可能性が高いとのことで……」

　話を聞くと、ロードル伯爵は昨晩どこかへ出かけたらしい。そして、今朝人工ダンジョンが大変なことになっていた。伯爵は行方不明。シドが「これで関係ないはずがない」と冒険者ギルドに依頼を出したとのこと。

　そして、俺は以前「もしもの時には救助依頼を出すので、その時はお願いします」と言われて了承してるのだ。……あれは調査依頼の時限定のつもりだったし、その時も前言撤回して調査依頼受けてたわけだし、この依頼を受ける義理は無い。

「……無事救出できる保証はありません、それでいいなら一応受けますが」

「それで構いません。救出依頼とはそういうものです」

　これで一応、異変が起きているダンジョンに入れる許可証を手に入れた。……とはいえ、【超変身】による残機が無い状態になっている俺。ツィーア山が噴火するといってもあんまり無茶はしたくない……あ。一応これ受付嬢さんに言っておくか。

「あ、そうだ。ツィーア山が噴火しそうなので、注意してください」

「ッ!?　な、そ、それは本当なのですか!?」

驚き、ガタッと立ち上がりかけるシリアさん。

「『火焔窟《かえんくつ》』の専門家に聞いてきました。……村長邸《ウチ》の惨状は専門家の娘が慌ててウチに報告にきてうっかり壊したものなんですよ。で、今朝から『火焔窟』に様子を見に行ってたんですが、かなりマズイ状況になってましたね」

『火焔窟』が抑えている噴火のエネルギーを、抑えきれなくなっているようだ。と、現状については正直に話す。

「……人工ダンジョンが、原因でしょうか？」

「他にないでしょう。人工ダンジョンは潰しときます」

「ちょ、ちょっとまってください。人工ダンジョンとはいえ、ちゃんとした調査もなくダンジョンを勝手に破壊するのは問題が――」

「噴火してからでは遅い、上には俺が伝えておきますよ。……責任も俺が取りますんで」

ま、ハクさんもロクコに害が及びそうっていうなら二つ返事でOKだろう。様子見ってて言ってたけど、それはつまり問題があるなら潰すって意味だろうし。

シリアさんはしばらく俺を怪訝《けげん》そうに見ていたが、やがて納得したのか「わかりました」と頷《うなず》いて帰って行った。

さて。そんなわけで暴走している人工ダンジョンを攻略することになった。

「とりあえず、ダンジョンの中はどうなってるんだ？」

「ネズミを偵察に向かわせたわ。見てみる？　凄《すご》いわよ？」

と、ロクコがモニターを出す。

「……まず、ゴーレムがわんさか。次にゴブリンゾンビがどっさり。あと罠《わな》も大量。構造もガクンガクンと変化してる。正直、おかしいとしか言いようがないわね」

ゴブリンゾンビ……そういえばゴブリンの死体をダンジョンの餌にしてるって言ってたな。その影響だろうか。

「ゴーレムはゴーレムで、形がいびつだったり、半分崩れてるのとかが多いわ。いわば、ゴーレムゾンビって感じかしら。ゴーレムが生きてるかは別だけど」

色々バグってる感じがするな。コワイ。

「とりあえず、侵入するにしてもこの数は厄介だな……」

イグニに薙《な》ぎ払ってもらえば多少はマシになるだろうが、問題はイグニをどうやってダンジョンの中に連れ込むかだ。イグニを連れ込むには、ダンジョンに入る許可を持った俺が同行しなきゃいけない。

……

ええ……残機0の状態でこのモンスターハウスに突っ込むの？　やだなぁ。

「ケーマ。任せなさい、私にいい考えがあるの」

「本当か？」

「ええ。――こうするのよ！」

ロクコはばちこーん！　と、メニューを勢いよく叩《たた》いた。


『ダンジョンバトルが申請――受理されました』


と、透けた緑色のウィンドウが表示される。

「成功ね。どうよケーマ。人工ダンジョンにダンジョンバトルを申し込んでやったわ！」

「は？」

ロクコがドヤ顔で胸を張る。続けて、『開始まで0：59：55……』とカウントダウンのアナウンスが出ていた。待て。おい。

「これでこのダンジョンからモンスターをいくらでも流し込み放題よ、さあ1時間でさっさと準備よケーマ！ってあたぁ!?」

俺はロクコの頭をはたいた。

「おいロクコ」

「な、なによ。ケーマ、あのダンジョンに入りたくなかったんでしょう!?」

それはそうだが、絶対に入りたくなかったというわけでもない。

「こんなことをして、お前に何かあったらどうするんだ！」

「大丈夫よ、私たちのダンジョンが、あんなゾンビどもに負けるわけないでしょう？」

「ダンジョンバトルをとっかかりに、ロクコまで体調不良になるかもしれないだろ！」

俺がそう言うと、ロクコは気まずそうに目を逸《そ》らした。

「……あー、そ、その可能性を見落としてたわね」

ここのところ頭が良くなっていたと思ったらこれだ。もう！

「でもケーマ、私が体調不良になっても、あっちのダンジョンを潰せばいいのには変わりないわ。総合的に考えて、やっぱり最良だと思うの」

言われてみると、確かにそれは手っ取り早いように思える。

「……けど……ロクコに害が及びそうになるってのは、ダメだ」

「あら。私だってケーマがいなくなるかもしれないのはダメよ？　だから私にもリスクを背負わせなさい。パートナーってのは、そういうものでしょ？」

そう言って、ロクコは俺にキュッと抱き着いた。

「ちゃんと分かってる？　私、ケーマのことが好きなんだから」

「……お、おう」

耳元で囁《ささや》かれて、俺は顔がかぁっと熱くなる。ついでに、ロクコの心音がどくんどくんと高鳴るのを身体《からだ》で感じた。

「……まったく、俺のパートナーは最高だよ。まぁもうやっちまったもんは仕方ない。あとは敵側のゲートが人工ダンジョンの中に開くことを祈ろうな」

「あっ、そ、そうね……それもあったわね」

と、少しだけ慌てるロクコ。……けど、まぁロクコの運なら大丈夫だろう。俺は、さっき叩いたロクコの頭を優しく撫《な》でた。


準備時間は1時間。俺はイグニに『欲望の洞窟』から人工ダンジョンに侵入できるようになることを告げ、改めてダンジョンに来てもらった。

「そんならそうと最初からこっちに呼んでおいてよおっちゃん」

「悪かったな、さっき急に決まったんだ。闘技場エリアにゲートを開くから、ゴーレムと控えててくれ」

「分かった！」

それから俺はひたすらに【クリエイトゴーレム】を繰り返してゴーレムを量産する。アイアンゴーレムスポーンから生まれるアイアンゴーレムを一度倒してもらい、素材化したところで【クリエイトゴーレム】。1つにつき5体しか呼べない、それもどこかうつろな状態になるところをこうして俺の手駒として作り替えることで、何体ものゴーレムを揃《そろ》えるという作戦だ。

「イチカ、こちらを」

「あいよ。ご主人様ー。おかわりやで」

「ありがとうニク、イチカ」

　ダンジョン中にコツコツ設置しておいたアイアンゴーレムスポーンを一旦闘技場の近くの部屋にあつめて、ひたすら湧くのを待つ。湧いた直後にニクがゴーレムを撃破して、その残骸をイチカが以前作ったパワードスーツこと、ダイフレームで俺の前に運んでくれる。あとは【クリエイトゴーレム】で作り替え。この流れ作業で手駒化したゴーレムはそのまま歩いて闘技場へ行ってもらう。

　さて、1時間で十分な数を揃えられるだろうか？　まぁ開始後は【サモンスケルトン】と【サモンガーゴイル】でさらなる増援を出す予定だけど。こっちは材料も要らないから便利なんだよね。

「つーかご主人様。ゴーレム突っ込ませて、救助依頼の対象はどうするん？　下手すりゃウチらのゴーレムに踏みつぶされるか、この大量のゴーレムを見られることになるやろ」

「まず人工ダンジョンを潰すのが先決だから後回しだな。運が良ければ助かるさ」

「あ、これロクコ様に被害でそうやから地味に怒っとるパターンやな。運が悪ければ口封じやね？」

　ははは、何言ってるんだイチカ。俺は冷静だぞ？　人工ダンジョンが片付けば救助対象もゆっくり探せるだろうよ。な？

『ボススポーンの方は今回は使えそうにないわね。さすがに1時間は短すぎたかしら、ごめんなさいケーマ』

「いや、いい。あんまり妙なのを量産して使うわけにもいかないしな」

それに案外量が多く揃えられそうだ。ゴーレムの形を変えるわけでもないので、10秒に1体は手駒化できる。……俺の魔力《マナ》は今更このくらいで尽きたりはしないのだが、魔力垂れ流すようにしつつの単純作業が続くと精神的に疲労してくるな……

ともあれ、アイアンゴーレム200体を30分くらいで用意したところで一旦作業を止めることにした。

『凄いわね。もともとアイアンゴーレム1体で500Pだから……30分ちょっとで10万P分って』

「はは、荒稼ぎだな」

この量のアイアンゴーレムが一度に市場に流れたら鉄の市場価格が大暴落するな。人工ダンジョンを片付けた後、処分はダンジョンに捧《ささ》げて消す形にしよう。

『こっちも、今回の探索用の駒を用意できたわ』

「何にした？　ネズミか？」

『ええ。ちょっと前に殺鼠《さっそ》団子で処分するほど増えてたから、仮にダンジョン内で死骸が大量に見つかってもネズミならそこまで違和感はないはずよ』

おっと、そこまでは考えてなかった。……やっぱり賢くなってるなロクコ。

こうして、準備時間の1時間があっという間に終わった。


俺はロクコとマスタールームにスタンバイする。

ここまで手伝ってくれたニクとイチカに加え、レイとキヌエさんとネルネ、エルルにもダンジョンバトルを手伝ってもらうことにした。宿の方を維持するシルキーズ以外、『欲望の洞窟』フルメンバーでの戦いと言っていいだろう……ロクコのペット達《たち》とシスターのサキュバス達も除く（ゴブ助もペットに含む）。

ニクにはネズミを操っての斥候を、イチカとレイにはゴーレム１００体を操っての主戦力を。ロクコとネルネには俺がマスタールームで出したガーゴイルたちを順次送り込んでもらい、支援攻撃。キヌエさんとエルルには残りのゴーレム１００体で防衛してもらうという作戦だ。

「よくもまぁ1時間で揃ったもんだ」

「当たり前ですマスター！　ダンジョンの一大事に立ち上がらずして何が幹部ですか！」

代表してレイが興奮を隠せない様子で答えた。やはりダンジョンのモンスターとして、活躍の場があるのは嬉《うれ》しいのだろうな。

「開始直後、俺とロクコはダンジョン機能に問題ないか確認をする。その間は任せるぞ」

「良いわね皆、役割を果たしなさい！」

こくり、と頷《うなず》く一同。『アタシもやるぞー！』とイグニも返事した。気合十分だ。


ダンジョンバトル開始。ゲートが開く。

開いた先は、やはり人工ダンジョン内部であった。ロクコの幸運に感謝しつつ向こう側を確認すると、ゴブリンゾンビとゾンビっぽいゴーレム。そしてそれらが溢《あふ》れるように一気にこちらへ流れ込んでくる。

『おっちゃん！　しょっぱなブレスいくよ！』

「よし、いけイグニ」

ゴウ！　と、イグニがブレスで薙ぎ払う――向こう側まで含めて、十数体のゴーレムやゾンビを文字通り一息で燃やした。

「斥候行きます」

空いた空間にニクがネズミを突っ込ませ、残っているゾンビたちの足元をすり抜けダンジョンに散らばらせた。マップがどんどん記録されていくのを見つつ、俺とロクコはダンジョン機能を確認する。

「オブジェクト生成、よし。モンスター召喚……よし。罠、アイテム生成、よし」

「モニター機能、壁生成、部屋生成、共に問題ないわ。ケーマ」

「ほいよ【サモンガーゴイル】」

「配下の一時登録、配置。オッケー、問題なし」

とりあえずダンジョンバトルに支障はないだろう。機能の確認を済ませ、ダンジョンバトルに意識を戻す。

「……ひゅう、さすが夫婦。息ぴったりやな」

「ふふふん、もっと言っていいのよ？」

いやそこは茶化すなと言うところでは……まぁいいか。ロクコが嬉しそうだし。


ダンジョンの探索を進めると、上に行く階段があった。その先はダンジョンの外――つまり、ドラーグ村方面だ。こっち側には手を付けないほうが良いな。

「イチカ、適度に敵を残して壁にしろ。外からの侵入者がないようにな」

「了解や」

「レイ、潜る方には遠慮はいらん、がんがん殴り壊させろ」

「おまかせあれ！　いけッ！　ゴーレム進撃！」

イチカはそつなく、レイはド派手にゴーレムを操って命令《オーダー》をこなす。

……うん、レイはストレス発散してる感もあるな。オフトン教聖女としてこき使いすぎてるかもしれん、休暇を増やすなりして配慮してやらねば。

「【サモンガーゴイル×10】……ロクコ、ネルネ」

「はいはい。『設置』『設置』っと」

「はーいー、おかわりの増援ですよー」

ガーゴイルを配下にしてゲート前に設置するロクコに、さらにそこから奥へと進ませるネルネ。……というかこれ、一応増援を送ってはみるものの、あまりにも順調すぎるので不要かもしれない。敵はこちらが襲い掛かった時に反撃してくるのみで、積極的に攻めてきたりはしないようだ。被害は罠《わな》によるものだけである。

「まるでサンドバッグだな」

「ん？　ケーマ、砂の袋詰めがどうしたって？」

「殴り放題、反撃してこない相手ってこと。そういう道具があるんだ。にしてもおかしい、順調すぎる……」

防衛担当のキヌエさんとエルルが暇してるぞ。残骸を集めて掃除してる程だ。コアもマスターも不在でただ機械的にモンスターや罠を出してるだけと考えたら、そんなもんなんだろうか。

「ご主人様、下り階段を発見しました。引き続き下の階を探索します」

「ＯＫだニク、とはいえほっとくと地形がどんどん変わるって話だからな。適度に見張りを置いてルートを確保しとこう。ネルネ、ガーゴイルを置いておけ」

「はいー、ぱたぱたーっとー」

ダンジョン機能により部屋の構造を変えているのであれば、すぐ近くにこちらの配下を置いておけば変えられないはずだ。

「……ご主人様、下り階段を発見しました」

「ん？　もうか？」

「いえ、先ほどの階で、2個目です」

おっと、まぁ1つの階で2つの階段ってのもあるよな。まぁ、一本道ってわけじゃないんだし……

「！　ご主人様、3つ、いえ、4つ目です！」

「ご主人様ぁ、ニク先輩が探索した後の通路にも階段できとるで？　しかもこれ上り」

「……おぅ、マジか？」

マップを見ると、階段を示すアイコンが何個も浮かんでいた。

『どうするおっちゃん、アタシはどこにいけばいい？』

「あー少しまてイグニ。……ニクに斥候を頑張ってもらう……？」

『あっ！　おっちゃん、壁！　壁がでた！』

「は、何――」

と、見ると俺たちが確保していたはずのルートが壁に塞がれていた。

……なんだこれ、どういうことだ？　確かにガーゴイルを配置していたはずなのに。

「ケーマ。一旦イグニを戻しましょう。下手に突っ込んで壁の中に埋められても困るわ」

「そうだな……イグニ、一旦戻ってこい！」

『わ、わかった……えっと、どう回り込めばいいかな……こっちか』

イグニが戻ってくるまでに、どうにか対策を練らなければなるまい。

「ダンジョンの構造が、敵がいるにもかかわらず変わってるわね。どう思うケーマ？」

「どうもこうも、ダンジョンの機能がバグってるとしか……いや、そもそも相手のコアやマスターが居ないんだ。敵、とすら認識されてない可能性があるのか？」

こちらが襲い掛かるまでモンスターも動かない。これもダンジョンとしては敵認識されていない、ということなのではないか。

「それよケーマ！　その上でダンジョンの構造とかが変わるのを何とかしないといけないわ。じゃないと、キリがないわよ」

「……そうだな。何か手はないか……」

何かいい手は。と俺が思案していると、イチカが「あっヤバ」と声を漏らした。

「どうしたイチカ」

「聖女様がご乱入や」

「え、私ですか？」

「レイ違う、光神教の方」

モニターを見ると、人工ダンジョンのゴブリンゾンビやゴーレムだけでなく、ウチのアイアンゴーレムやガーゴイルを相手取って戦う聖女が居た。なんだってこんな時に……って、よく考えたら当然じゃないか。この人工ダンジョンは聖女アルカが指導員とかいう話だった。ロードル伯爵の救出依頼に動かないはずがない。

と、聖女アルカ。そういえば。

「良いことを思いついた。俺が出る」

「え、なに言ってるのケーマ!?　危ないわよ!?」

「いい、俺じゃないと話がまとまらん。頼むロクコ。あとガーゴイルは下がらせてくれ」

「わ、分かったわよ。ちゃんと無事に帰ってこなかったら承知しないからね！」

ロクコにゲート前に設置してもらい、イグニとすれ違って人工ダンジョンに突入する。

罠や壁に気を付けつつ、俺は聖女のいるところまで突っ走った。……ニクからオリハルコンサポーターを借りたので、一応戦闘力はあるぞ。うん。

そうして近づいたとき、気配で気付かれたのか、アルカの方から声をかけてきた。

「おや？　ケーマ様ではないですか。このようなところで奇遇ですね」

「おは、げふっ、おはようございます聖女アルカ様。……失礼、俺のガーゴイル達がご迷惑を、ごふっ」

急いできたせいで咳《せ》き込みつつも、【サモンガーゴイル】で呼び出したガーゴイルを送還してみせる。

「ああ。こちらはケーマ様の使い魔でしたか」

「……ええ。はぁ、はぁ……他に誰もいないと思って無差別に攻撃させていました。聖女様もロードル伯爵の救助依頼ですか？」

「はい。ケーマ様もですか。それと私はこの異変を止めるために潜ってます。指導員として、責任がありますからね。転換期と思われますが……っと」

と、言いながら聖女は人工ダンジョンのゴーレムをハンマーで殴り潰した。

転換期といえば、通常のダンジョンで言えばダンジョンバトルの準備でモンスターが大量に湧いている状態を指す。実際今ダンジョンバトルになっているわけで、あながち間違ってもいないな。


……俺は息を整える。う、毒っぽい空気……今更だけどゴブリンゾンビの異臭もあって結構きついぞここ。

「ケーマ様、お一人ですか？」

「……ええ。本気の時は、その方が動きやすいので」

ということにした。普段仲間を連れているのに、なぜこんな状況でわざわざ一人なのかというのは当然の疑問だ。……さらに怪しまれるかとも思ったが、聖女アルカは自身も一人で潜っているためかこれで納得してくれた。

「足手まといは居ない方がいいですからね。特に今みたいな緊急事態では構ってる余裕もありませんから」

……それは強者あるあるらしい。


「そうだケーマ様。このダンジョンの攻略、協力しませんか？　ケーマ様であれば、少なくとも足手まといにはならないと確信しておりますし」

『欲望の洞窟』へ繋《つな》がってるゲートから避けるように誘導するためにも、聖女に頼み事をするにも都合がいい。願ってもない申し出だった。

「いいですよ、俺も、聖女様に協力して貰《もら》えればと思っていたところでして」

「良い返事をいただけて良かった。ふふ、共同作業ですわね？」

その言い方だとなんか別のモノを彷彿《ほうふつ》とさせるので言い換えて欲しいなぁ。と思ったけど機嫌を損ねても困るので黙っておく。

「では聖女様、一旦戻りましょう。この先に潜るには、準備が必要です」

「アンデッド対策でしょうか？　急に湧きましたからね。これをお渡ししましょう」

と、聖女アルカから琥珀色《こはくいろ》の液体が入ったポーション瓶を渡される。振るとちゃぷんと揺れるのでハチミツのような粘度はないように見える。

「これは？」

「聖水です。アンデッドが出たらお使いください。聖なる存在から作り出されたものなので、アンデッド等には効果的です」

「光神教の聖水ですか……使い方は？」

「武器かアンデッドにかけて使ってください。すこしニオイがキツイかもしれませんが、そこは気にしないでくださいね。……作りたてのものは飲めなくもないですが、これは時間がたっていますのでかけて使う専用です」

「なるほど、一応もらっておきます」

と【収納】に聖水をしまう。

「では進みましょうか。聖水の準備は万全です、大量に持ってきてありますので」

「ああいえ、そうではなくですね。……このダンジョン、構造が変わるのです」

と、俺は奥に進もうとしていた聖女を呼び止める。

「構造が変わる、ですか？」

「ええ、少なくともこの階層《フロア》からの下り階段が5か所。うち1か所は探索済みの場所を引き返しているときに見つけました。また、通ったはずの道が消え、塞がれていることも」

「なるほど。階段が移動しているか、増えているかですね……つまりマップを作っても役に立たないということですか」

「ただでさえモンスターが溢《あふ》れているのに、これでは救助対象を連れ帰るのもままなりません。ダンジョンの壁に埋まる可能性すらありますよこれは」

「壁に埋まる……ほう、ケーマ様、中々珍しい事例をご存じなのですね？」

「ええ、そういう知識があるからこそ、こんな状況のダンジョンに救助依頼を受けて潜っているわけです」

探るような聖女アルカの眼差《まなざ》し。実際、探られているのだろう。

「ケーマ様。私、この事態をある程度抑制できる手段を持っています」

と、ここで聖女が切り札を切ってきた。

「ほう……光神教聖女の奥の手ですね？」

「やはりご存じでしたか……さすがケーマ様ですわ。ええ、その通り。ケーマ様はこの儀式を御所望で協力の申し出に乗ったのですね。ふふ、お上手だこと」

「ハハハ、おおむねその通りです。……お礼に、事が片付いたら、ショートケーキをご馳《ち》走《そう》しますよ」

「まぁ！　それは楽しみですわ。あのスイートの部屋にも一泊したいですね」

「お代さえいただければ歓迎しますよ」

本当は来ないでほしいが、村長としてはそう言わざるを得ないのでそう言っておく。ともあれ交渉成功。俺と聖女アルカは、一旦人工ダンジョンの入口まで引き返すこととなった。

「……ダンジョンぶっころダンジョンぶっころコア壊すコア壊す光神様の敵はここです光

神様の加護よ封印の力を今ここにダンジョンぶっころダンジョンぶっころ……」

ダンジョンの入口。聖女は相変わらず物騒な呪文を小声で呟《つぶや》き、祭壇に祈りを捧《ささ》げる。

「神々の協定に則《のっと》り、3日間、ダンジョンを封印する――【トリィティ】」

そして最後のキーワード。特に地震のようなものは感じなかった。……俺のダンジョンじゃないからかな？

聖女アルカの儀式魔法【トリィティ】。俺が覚えている【トリィティ】だと契約魔法だが、呪文から察するに神様レベルで締結した契約を行使しているのだろう。とりあえずこれで人工ダンジョンの機能が封じられたはずだ。

「さて、終わりました。手ごたえはありましたので、これでダンジョンの異変は多少抑えられるはずです」

「貴重な御業《みわざ》、拝見させていただきました」

「いえいえ、シュークリームご馳走様です。あと3日しかここには居られませんが、この件が片付いたら追い出される前に宿にお邪魔しましょう。ショートケーキも楽しみにしていますよ」

にこり、と笑う聖女。袖の下としてシュークリームを差し入れたのは地味に効果があったと思われる。

「それではダンジョン攻略の荷物を取ってきます」

「ええ」

こういって一旦その場を離れ、聖女の目を盗みロクコ達《たち》に向かってポツリと言う。

「……人工ダンジョンの改築は止まったはずだ。ダンジョンの探索を続行してくれ」

『了解。あとケーマ、こちら側は封印なしよ。すべての機能が使えるわ』

『ご主人様、モンスターが襲ってくるようになりました。お気をつけて』

ロクコとニクからの報告を受け、俺は聖女と共に人工ダンジョンに再度降り立った。


本来、ダンジョンの探索というのは命がけである。

通常の状態でもそうだというのに、今のようにモンスターや罠《わな》が溢れかえっている状態の場所に行くのは更に難度が上がる。……だが、こと今回に限っては、その条件はだいぶ緩くなっていると言えよう。

「ケーマ様。私が先行しますので付いてきてください」

「はい」

「ケーマ様。そこに罠があります、ご注意を」

「はい」

「ケーマ様。敵がいました。ゾンビなので聖水を使いましょう。こちらを」

「はい」

「ケーマ様。宝箱がありましたが、今回は目的外なので開けません。ご了承下さい」

「はい」

と、聖女アルカ様が率先して色々と、というか殆《ほとん》ど一人でやってしまい、その上で俺に気を使ってくれるものだから全くすることが無いのだ。それに、

『ケーマ、そこは右ね。左の先にも階段があるけど、そっちの奥は行き止まりだったわ』

「聖女様、ここは右です」

『ケーマ、一旦ストップ。奥の部屋にモンスター集まってるわ。通路に吊《つ》り上げて』

「聖女様、奥にガーゴイルを送って様子を見ます、お待ちを」

『ケーマ、その謎解き部屋はダミーよ。横の通路が普通に通れたわ』

「聖女様、あちらに抜け道があります」

『ケーマ、そろそろ休憩してくれる？　ちょっと探索に追いつかれそう』

「聖女様、水飲みませんか？　一旦休みましょう」

と、ロクコの手厚いサポートでダンジョンの攻略情報もバッチリである。要するに、俺と聖女アルカはサクサクとダンジョンを攻略していった。……俺はロクコからもらった情報を流すだけでやはり殆ど何もしていない……せいぜいガーゴイルを呼んで指示するくらい。

ロクコ達による探索&先行攻略の待ち時間のため、俺は聖女アルカと小部屋で休憩をとる。周囲にはガーゴイルを放ち、見張りとして安全確保。……あまり量を出せることをバラしたくないので、見張りのガーゴイルを出すだけで精いっぱいという設定だ。

つまり、不本意ながら小部屋には2人きりということになる。

「ケーマ様。お見事です」

「ん？　なんでしょうか？」

聖女アルカは俺が用意したアップルティーを飲みつつ、ほぅっとため息を吐いた。

「他の方——人間と潜って、これほど探索しやすいのは初めてと言っていいかもしれません。それと、実に見事な『告言《こくごん》』の数々……先の『奉貴《ほうき》』といい、ふふ、ロクコ様が居ない所だからですか？　随分と積極的なのですね」

頬を赤らめる聖女アルカ。『コクゴン』や『ホウキ』ってなんだよ……そういや前に来た時も部屋でそんなことを言ってたっけ。コクゴン……告白か何かか？　いや、そんなことしてないだろ俺。ホウキも意味わからん。

「さて、なんのことやらさっぱりですな」

「お戯れを。ケーマ様のお気持ちは、重々理解できるというものです……あ、あの。以前、ロクコ様に乱入されてできなかった、誓いのキスをいたしませんこと？」

そう言ってブーツを脱ぐ聖女アルカ。以前聖女が言っていたが、光神教では靴へのキスは奴隷、靴下越しなら愛人、そして足に直《じか》にであれば夫婦の誓いを示すんだったか。足関連の知識なのでよく覚えている。

……聖女がブーツを脱ぐと、ここまで徒歩で歩いてきたこともあり、相当に蒸れていそうな靴下が現れる。更にそれをずるりと剝《む》くと、ほど良く湿ったアツアツの素足が晒《さら》されてほんのりと――

『ケーマ』

ロクコの不機嫌そうな声。ああうん。うっかり魅入ってた、あぶないあぶない。

「申し訳ありませんが聖女様。俺にはロクコが居るので」

「ご安心を、ケーマ様の正室も側室も、全員私が囲って差し上げます」

堂々と香ばしそうな生足を差し出す聖女アルカ。足フェチ的に考えて御馳走である。だが毒入りだ。

「ここはダンジョンの奥。今度こそ誰にも止められないし、見られてなどいませんわ」

いやいやいやいや、見てるから。最初からずーっと見てるから！　と言いたくなって口を噤《つぐ》む。ロクコたちが俺に見張りを付けているのは聖女アルカには絶対にばらせない秘密。故に、聖女アルカにとっては完全に2人きり、見ているのは召喚されたガーゴイルのみという状況であった。

「さぁ、足にキスをどうぞ？」

そう言って足指をくにくにと挑発的に動かして見せてきた。いやうん、聖女ってば本当に足は良いんだけど、性格と宗教がちょっとね？　ダンジョンぶっ殺主義だから当然相容《あいい》れないの。足は良いんだけど……うん、ほんと足は……毒入りの御馳走でなかったら飛びつきかねないレベルで……

と、そこに凄《すご》い速度で走ってくる足音が聞こえた。

「ちょぇぇいい!!」

ドドドドドドドドガッシャァアアン！　と、走ってきた勢いのまま見張りのガーゴイルに激突して止まる、ローブを着た小柄な人影。はらりとそのフードがめくれると、炎のような赤髪が露《あらわ》になった。

「あ……あれぇ、奇遇だね！　おっちゃぁん！」

「お、おうイグニじゃないか！　い、いやぁ奇遇だな、こんなところで！」

イグニだった。

『間に合ったわ！　どうよケーマ！』

ナイスロクコ。俺が困っているのを見かねて前線からこの部屋へと送り込んでくれたようだ。聖女アルカは突然の乱入者をうらめしげに軽く睨《にら》みつつ、靴下とブーツを履きなおす。

「まさかこんなところで邪魔が入るとは思いませんでしたが……先日ケーマ様に護衛されていたダンジョン研究者の方でしたか？　なぜこのような所に？」

「え、あー、えーっと……！　そうそう、転換期のダンジョンを調査しようと潜り込んだんだけど、いきなり落とし穴ができて落ちちゃったんだー。うん。えと？　勝手に潜り込んだことは謝るから、そのー、同行させてもらえないかなー」

若干棒読み気味にイグニは言った。恐らくロクコが通信でセリフを教えている。

『ケーマ。ＯＫして。ついでにイグニを軽く叱って後でお仕置きとでも言っといて』

ロクコは聖女に聞こえない通信を俺にも送ってきた。

「ああ。いいぞイグニ。俺も友達の娘をこんなところに放置するのは本意じゃない。だがダンジョンに勝手に潜り込んだのは良くなかったな。あとでお仕置きだ」

「え、えー。そりゃないよおっちゃーん」

イグニが棒すぎて聖女アルカが若干冷ややかな目で見ている気もするが、これで説明がつくだろう。そして、俺が勝手にだが許可したものの、その理由も否定できないものであるため、どうしようもなくなった。聖女アルカはため息をついた。

「安心してくださいい聖女様。こいつはこんな見た目ですが、この通り強いので……」

「おう！　アタシは強いぞ！」

自信満々に平たい胸を張るイグニ。

「転換期のダンジョンの奥を無傷で回れる時点でまぁ……でしょうね。わかりました、同行を認めましょう。まったく仕方ないですね、ケーマ様はお優しいのですから」

聖女アルカからも許可を貰《もら》って、イグニが同行することになった。イグニが一緒であれば妙なことはできまい。そしていざとなればイグニで聖女を殺せる。まぁ、それは最後の手段だし、聖女は復活するのでバレないように殺《や》る必要はあるが。

『ケーマ、ボス部屋を見つけたわ。多分、ここが最奥ね』

そして、ロクコが、俺達の目的地を見つけた。

他の道全てをネズミが走り回って調べ、残った場所。位置的に若干『火焔窟《かえんくつ》』にめり込んでおり、もしここが最奥でないなら時空が歪《ゆが》んでるだろうとのこと。ここにコアが無かったら道中の見落としがあるということであり、大変面倒くさい。

ここが奥であれ、あってくれ。じゃなきゃゴーレムで壁をゴンゴンノックしたり、落とし穴の中まで見て隠し通路とかを確かめなきゃならん……聖女の【トリィティ】効果なら俺達が受けたのと同じくモンスターが追加で召喚されることもないだろうが、ダンジョン全体を人海戦術で調べる必要が出てくる。ここでコアが見つからなければ聖女もダンジョンの探索を続けるだろうし、それを避けつつの探索となると面倒すぎることこの上ない。

そう思いつつボス部屋に向かうと、ロクコが最奥だといった理由も分かった。

「どうやらここがボス部屋みたいですね」

殺風景なボス部屋だった。というか、階段とボス部屋が直接くっ付いており、ボス部屋の上から入るような形。しゃがんで部屋の外からボス部屋の中を覗《のぞ》くと、石造りの部屋の床に既にロクコが様子見をしたと思われるアイアンゴーレムの残骸が転がっていた。……部屋の中は石造りなのだが、妙に泥まみれである。

「あの残骸は何でしょう……？　仲間割れ？　いや、死んだふりでしょうか？　何にせよ怪しいですね。ケーマ様。ガーゴイルをお願いします」

「かしこまりました。……門を開け。魔を使う石の魔物を召喚し、使役する――【サモンガーゴイル】」

聖女の要望に従ってガーゴイルを部屋の中に先行させると——

——ガーゴイルは死角から伸びてきた巨大な腕にがしっと握りつぶされ、壊れた。

よく見ればその腕は白っぽい泥の塊であった。その後、死角——つまり天井に張り付いていたであろうそいつは、「どちゃんっ！」と床に落ちる。上半身はゴーレムだが、下半身が高い所から落ちて潰れたトマトのように広がっていた。

「ひゅぅ、何だあれ」

「スライム系——いえ、マッドゴーレムですね。そのギガント種？……厄介な」

マッドゴーレム。名前の通り、泥でできているゴーレムだった。……こういうのも居るのか、初めて見た。

「聖女、聖女。アレって強いの？」

「ん？　ええ、強いですよ。まずスライム同様に物理攻撃がほぼ効きません。不透明なためコアがどこにあるか分からないです。しかも巨体というのが輪をかけて厄介です。どう倒したものか……」

イグニの疑問に敵を分析しつつブツブツと独り言のように答える聖女アルカ。もし巨大なだけのゴーレムだったとしても厄介だろうに、物理的に削りにくい泥のゴーレムなのだ。

「通常のマッドゴーレムはどう倒すので？」

「まず火魔法で乾かし固めます。そして砕いて少しずつ泥を除き、コアを探し砕きます」

普通のマッドゴーレムでも倒すのは面倒らしい。しかも残骸が泥なのでクレイゴーレム程度の報酬しかない。泥の種類にもよるが、大抵は使い物にならない。色々な土砂が混じり過ぎて、使える鉱物を探すことが困難故に泥はほぼ無価値。オリハルコンみたいな希少金属が混じっていたらあるいは。

「しかも見たところこの人工ダンジョンのゴーレムの組成に近いかと」

「つまり毒混じりですか……即効性はないやつですが、気持ち的に面倒ですね」

「なぁなぁおっちゃん、とりあえず燃やせばいいってことか？」

イグニは正体バレるから余裕で燃やせてもやらないでね、まだだめだよ。ステイ。あと燃やした毒臭いから待っててね。


ともあれ、ずもも、とそのドロドロの胴体が盛り上がり、形を成す。大きさをさておけば上半身は通常のクレイゴーレムに似た造形だが、下半身はドロドロのスライム状になっていた。上半身もドロドロとまるで体が溶けかけたゾンビのように泥が垂れ続けており、下半身に垂れ落ちた泥はそのまま吸収されており、内部で噴水のように流動して上半身の溶け落ちた箇所を埋め続けているのだろう。

「うわぁ。見るからに物理攻撃が効かなそうですね」

「さて、どうしましょうか。ケーマ様、何か良い手はありませんか？」

聖女に言われるが、こちとらマッドゴーレム自体初めて見たのだから良い手などあるはずもない……いや、しいて言えばイグニに火を噴いてもらえば一発だろうが。

……ん？

ぼこり、とゴーレムの胸元に立方体が浮かび上がる。泥が垂れて、その塊が露になると、そこにはプレートの貼られた扉があった。

「……『管理部屋』？　まさか」

「管理部屋がそのまま、マッドゴーレムに取り込まれているということですか？」

そういえばこの部屋は行き止まりのようである。通常ボス部屋ともなればボスを倒した後に奥へ続く通路があるはずなのだが、それが見当たらないのだ。

「まさか、あの中に……コアとロードル伯爵が？」

「ふむ。ケーマ様、これはおそらくダンジョンコアとダンジョンボスが同一のタイプのダンジョンに近いかと思われます。経験上、あの部屋が、そして人工コアがゴーレムのコアでもある、というところでしょうか」

「厄介ですね」

「もう全部燃やしちゃえば？」

イグニの投げやりな意見に賛同したくなる……フレイムドラゴンのイグニにかかれば、巨大マッドゴーレムも水分を補充する暇もなく一瞬で砂にできるだろう。むしろ焼き過ぎて陶器になるかもしれん。

「あの部屋がそのままの形で残っているということは、ロードル伯爵も中で生きている可能性が高いです。確認して見ましょう」

「確認ですか？」

「すこし行ってきます」

　聖女アルカは両手にそれぞれ剣を持ち、ボス部屋の中へ入って行った。マッドゴーレムが聖女を敵として認識し襲い掛かる。巨大な腕が、どろり、ぼたぼたと泥を落としながら聖女に迫るが、聖女はこれを前転しつつ回避。

　ぴょん、ぴょんっと飛び跳ねて泥の身体《からだ》に剣を刺す。ぬるりと差し込む、と言った方が正しいか。更に聖女は【収納】から複数の剣を取り出し、投げる。マッドゴーレムの泥の身体に剣で即席梯子《はしご》をつくり、それを足場に『管理部屋』に向かって駆けあがった。

　扉に手をかけ開けようとするも開かない様子。ガンガンと扉を蹴りつけるも、ただの木でできているはずのその扉は一向に壊れる気配がない。

「ひぃっ！　なんじゃなんじゃあああ!?」

「ロードル伯爵、無事ですか？」

「聖女様、聖女様ですかな!?　おお、助かった！　ワシはここですぞー！」

　管理部屋の中からロードル伯爵の声。どうやら無事生存していたらしい。

と、マッドゴーレムが自身の胸元——聖女を振り払う。聖女は空中でくるりと一回転して地面に着地、戻ってきた。

「ケーマ様、伯爵の救出のためご協力願います」

「……じゃあ、とりあえず囮《おとり》にガーゴイル出すんで上手《うま》く使ってください」

というわけで、聖女アルカとの共闘ボス戦が始まった。


とはいえ俺はボス部屋の外からガーゴイルを送り込むだけの簡単なお仕事だ。

「グオォオオオーーーン！！！」

「炎の槍《やり》よ、敵を貫け――【ファイアジャベリン】！」

聖女アルカがマッドゴーレムに炎の槍を突き刺す。じゅぅっと水が沸き立つ音がして湯気が上がる。マッドゴーレムは聖女アルカとガーゴイルを排除しようと腕を振り回すが、聖女アルカは攻撃を掻《か》い潜《くぐ》りながら魔法を詠唱する。

「炎の槍よ、敵を貫け――【ファイアジャベリン】！」

マッドゴーレムの身体に刺さる炎の槍は2本、3本とその数をどんどん増やしていく。ファイアジャベリンは持続時間が長く、泥の水分を飛ばすのには最適らしい。……ガーゴイルもファイアボールでちまちまと攻撃するが、確かにファイアボールはぶつかったその場でジュッジュッと鎮火するのみだ。

健康に悪そうな硫黄臭が漂うのに目を瞑《つぶ》ってちまちま削っていると、次第にマッドゴーレムの泥の流れが鈍り、表面に乾いて固まるところが出てきた――

「グオォオオオーーーン！！！」

だがそのマッドゴーレムの頭上にどぷんと水が落ちてきた。マッドゴーレムの呪文、いや、これは水をＤ　Ｐ《ダンジョンポイント》で交換したのか？　確か封印されていてもアイテムはＤＰと交換可能だったはず。

「く、折角乾かした泥が……!?」

蒸発させせた以上に水分を補充されてしまった。マッドゴーレムの身体の泥が滞ることなくぬるぬると流れていく。

「わー、たのしそー」

イグニが呑気《のんき》な感想を述べる。一応イグニは聖女には非戦闘員扱いにされており、俺の隣で観戦モードだ。まぁイグニなら一瞬で倒せるもんな。……そのときはロードル伯爵もロースト伯爵になっているだろう……いや、骨も残さず燃え尽きるか？

「く、埒《らち》があきませんね」

聖女が戻ってくる。代わりにガーゴイルを送り込んで状況維持だ。

「救助対象は見つかりましたが、マッドゴーレムが厄介ですね聖女様」

「はい。……さて、困りましたね……」

あごに指を当て、思案顔の聖女アルカ。

「とりあえずしばらく時間を稼ぐので何か手を考えてみてください」

「あら……素敵ですわケーマ様。時間稼ぎ、お任せいたしますね。……それに、先程からガーゴイルを同時に5体も操っておられるのに平然とした様子で」

聖女アルカの前で使うのは3体くらいにしておくべきだったか？　でもそうなると俺の安全が確保できないからなぁ。

「聖王国であればもっとケーマ様を評価いたしますと言うのに……適性さえあれば、セントに代わって私の従者になっていただきたい所ですわ」

「いや、帝国からも過分な評価を頂いてますんで」

とりあえずガーゴイル1体がやられたのでおかわりに1体出して送りつける。うん、5匹いて【ファイアボール】やっとけば十分引き付けていられるな。

……聖女がいなければ、イグニに任せるなりガーゴイルで物量作戦するなりし放題なんだがなぁ……ここにきて聖女が邪魔になってきてしまった？　うーん。

「聖女様、ここは一旦退くという手もありますよ？　場所は特定できましたし」

「ロードル伯爵が心配ですね。既に1日は経《た》っていますし、あのように動く部屋の中に入っていては、疲弊した身体ではいつまでもつか……」

確かにマッドゴーレムが腕を振り回すたびに、胸元にある『管理部屋』はぐわんぐわんと揺れている。俺も以前巨大なウンディーネことウン子……もといディーネの中に入ったりしたもんだが、快適具合には雲泥の差がありそうだ。

「自業自得では？　そもそもロードル伯爵はなぜあんな所に居るんですか」

「む、言われてみれば伯爵が『管理部屋』に閉じ込められているのは不思議ですね……管理装置を使っていたのでしょうか。下手に触らないようにと言っておいたはずですが」

管理装置、というのは例のモニターっぽいやつだろう。

「聖女様は人を信じすぎるようだ。下手に触るなと言われたら触りたくなるのが人間ですよ？　大方、欲をかいてダンジョンの難度を上げたらうっかり暴走したといったところでしょう」

「……伯爵の扱える範囲では、どう操作しても暴走まではしないはずなのですが」

考え込む聖女アルカ。

「ま、ダンジョンは生物《ナマモノ》ってことですね。研究が失敗してたってことじゃないですか？　こうやって暴走するんじゃ、どう見ても『正しいダンジョン』とは言えませんよ」

「……？　いえ、このダンジョンは今なお『正しいダンジョン』ですよ？　ちゃんと、魔力視で確認してマナを空に還《かえ》していることを確認しています」

む？

「待ってください聖女様？　それだとまるで、このダンジョンが正常であるようだ」

「一時的に暴走はしていますが、そのうち落ち着くでしょう。……まぁ、管理部屋がこんなところに移動してしまったので、後ほど私の権限で戻す必要がありますが」

むむ？

「まるで人工ダンジョンのコアを破壊する気はない、と言っているように聞こえるのですが、気のせいですかな？」

「おかしなことを言いますねケーマ様。そもそもダンジョンコアの破壊は帝国の法では重罪だそうですよ？　企《たくら》むだけでも国外追放で入国禁止処分になりますのに、ケーマ様こそこの人工ダンジョンのダンジョンコアを破壊すると言っているように聞こえます」

むむむ？

「あ！　もしかしてついに私とともに聖王国へ来ていただけるということですか!?」

「いえ、誤解です」

どうにも、聖女アルカと話が噛《か》み合わない。


……イグニが俺のことをつついてきた。

「おっちゃん、おっちゃん。こいつに噴火のことは言ったか？」

「あ」

そういえばツィーア山の噴火については言っていなかったな。聖女とかち合ったタイミングから考えて、その話を聖女が把握していない可能性が高い。

「聖女様。今、ツィーア山で起こっている事態についてなのですが……どうも、このダンジョンが原因で噴火が起きそうなのです。『火焔窟《かえんくつ》』がツィーア山の噴火を抑える力をこのダンジョンが吸い取っているそうで」

「まぁ、そうなのですか。それが何か？」

きょとん、と首をかしげる聖女アルカ。

「研究の通りですね。人工ダンジョンを天然ダンジョンに併設すると、その力を奪い正しいダンジョンに置き換えることができるそうです。何の問題もないですよ」

「いやいやいや。多分その前に噴火します。ここのダンジョンコアを破壊しないと」

「そうですか。では噴火した方が良いのでは？」

聖女は、とてもいい笑顔で言い切った。何言ってるのこの人。

「そもそも噴火するのが本来あるべき姿ということなのです。何ら問題は無いでしょう？」

あれ。俺、何と会話してるんだっけ……？

「問題だらけですよ！　噴火したら多分人も大勢死にますよ？」

「大丈夫ですケーマ様。それは正しくないダンジョンを正しいダンジョンが制した証《あかし》ということではないですか。つまり、噴火は起きても世界は平和になります！」

なんか聖女があまりにも堂々と言い切るものだから本当に問題ないのでは？　とすら思えて来る。はっ、洗脳系のスキルか……!?

俺は頭を押さえた。

「大丈夫ですかケーマ様？　やはりガーゴイルの召喚で無理をなさっているのでは……」

「いえ、いえ……」

やべぇどうしよう。この聖女、話が通じない。

俺はガーゴイルを適宜おかわりしつつ、どうやって聖女を排除するかを考えることにした。……死んでもらうのが一番手っ取り早い。どうせ復活するし。かといって俺が直接手を下すのはマズイ。なにせ復活するから。

「聖女様、そろそろ足止めで踏ん張るのが限界ですので、戻っていただいても？」

「おっと。申し訳ありませんつい話し込んでしまいました。……さて、あのコアをなんとかしないと。明らかに、あの部屋をコアとしていますよね」

引き続きご協力お願いします、と聖女はマッドゴーレムに向かう。

そこにロクコから通信が入る。

『ケーマ、話は聞いてたわ』

「お、ロクコ。……どうしたもんかな」

『もうイグニにドラゴンになって乱入してもらって、聖女ごと焼き払ってもらったら？』

さすがに友人《イッテツ》の娘に殺人をさせるのは……聖女は復活するからセーフとしても、ロードル伯爵が蒸し焼きになるからなぁ。

『はぁ、まぁケーマの気持ちはわかったわ。ならあのマッドゴーレムに聖女を始末してもらうのがいいんじゃない？』

確かにそれが一番角が立たない。……まぁその後マッドゴーレムを自分で倒さないといけないけど。……聖女アルカは何を考えているのか、床に【ファイアジャベリン】を突き刺している。

「——【ファイアジャベリン】！　炎の槍よ、敵を貫け——【ファイアジャベリン】！」

それはまるでマッドゴーレムを炎の杭《くい》で閉じ込めているよう。

数十本の【ファイアジャベリン】を使って一通り囲み終わると、聖女は武器を【収納】にしまって剣の構えを取った。

「炎の武器よ、顕現せよ——【ファイアウェポン】」

魔法を唱えると、ごう、と熱そうな炎が剣の形となって聖女アルカの手の中に現れた。

「武器よ、炎を纏《まと》え——【エンチャント：ファイア】、武器よ、炎を纏え——【エンチャント：ファイア】、武器よ、炎を纏え——【エンチャント：ファイア】……！」

さらに火を重ねて纏わせると、剣はその分巨大化していく。なんだあれ、あんな技術があるのか——炎の大剣は聖女の身長をはるかに超え、マッドゴーレムを真っ二つにできそうなほど。まさに必殺技と言うにふさわしい大きさの超大剣となった。

それを、マッドゴーレムを囲うように突き刺した【ファイアジャベリン】のひとつに載せた。

「爆ッ！」

ドンッ！　と炎の超大剣を載せた【ファイアジャベリン】が爆破し、大剣が勢いよくマッドゴーレムの胴体に食い込み――じゅばぁああ！　と盛大な蒸発音を上げて突き抜ける。そして、マッドゴーレムを真っ二つにして反対側の【ファイアジャベリン】の上に載る。

「爆ッッ！」

ドンッッ！　と、【ファイアジャベリン】が爆発。大剣はその爆発を受け剣自身の炎の威力を上げ、反転。向かう先には胴体が繋《つな》がったマッドゴーレム。――じゅばぁあああ！

そしてまた反対側に戻った超大剣、それはまた別の【ファイアジャベリン】の上に。

「爆！　爆ッ！　爆ッッ！」

ドン、ドンッ、ドンッッ！　と爆破で方向転換、加速される炎の超大剣。マッドゴーレムの身体《からだ》を何度も切り裂き、燃やしていく。水分が飛び、泥が乾き、ボロボロと崩れていく。

先程必殺技と言ったが訂正しよう。何と言う超必殺技。炎の剣で巨大な敵を滅多切りとか、カッコよすぎる……！

「おっちゃん、あれカッコいいな！　アタシ、あの雌は嫌いだけどあの技は好きだぞ！」

イグニも認める超必殺技。だが。

「ぐっ……！」

がつん、と炎の大剣が受け止められる。胸元の管理部屋だ。部屋の中からロードル伯爵の「ひぃい!!」という悲鳴も聞こえる気がする。

「チィ、硬いッ！　壁の破壊は無理ですか……！」

だが炎の剣自体はマッドゴーレムの水分をじゅわぁあっと蒸発させていく。ボス部屋の外まで熱気と毒を含んだ風が吹き抜けていく。俺はなるべく吸わないように口に布を当てて常に【浄化】をかけることでガスマスク代わりにしてやりすごした。

マッドゴーレムは、着実に削られていく。


「グオォオオオーーーン！！！」


だがマッドゴーレムの頭上に再びどぷんと水が落ちてきた。そう、こいつにはこれがある。折角削った水分も、あっさりと取り戻されてしまった。乾いて砕けていた体表があっさりとぬめぬめした輝きを取り戻す。

「やれやれ……どうしようもないですね。これほど強固な壁にマッドゴーレムのコアが隠されているとは、一筋縄ではいかない話です」

そう言って息を荒くしつつも苦笑する聖女アルカ。たしかに、あの攻撃を食らっても部屋の石材が欠けもしないというのは、頑丈すぎる。ダンジョンの保護機能――それも『ボス部屋』の扉や壁は特に強固になる――が働いていると見ていいだろう。ボス部屋には先の部屋があるものなのだが、その先の部屋があの『管理部屋』で確定だ。

　そして、ここまで見つからなかったダンジョンコアもあの部屋の中にあるのだろう……

なかなかどうして、面白い構造してるじゃないか。動き回るダンジョンコア、と言う点では以前アイディが鎧《よろい》の中にコアを隠していた発想に似ている。行動範囲の制限は増えるが、『コア部屋』を盾に使えるとなるとこれはこれで面白いな。


　おっと、そういえば聖女アルカの超必殺技に巻き込まれてガーゴイルも全滅したから補充しないと……いや、ここはあえて補充しないでおこう。

「聖女様、ガーゴイルの補充は今しばらくお待ちください。回復待ちです」

「ぐ、しかたないですね……っ」

　復活したマッドゴーレムの腕を避け、聖女アルカは再び【ファイアジャベリン】を、今度はマッドゴーレムに刺していく。策もない時間稼ぎ。それとも、こうして魔法を放ちつつ逃げ回っていても回復するというのだろうか。毒にも耐性ありそうだよなぁ……弱るまで見ているのもいいか？

　と、そういえば、聖女アルカはマッドゴーレムのコアは管理部屋だと判断したが、俺はひとつ気付いていることがある。


　あの管理部屋にマッドゴーレムのコアは無い。

　この部屋がボス部屋で、あの管理部屋に入るには、マッドゴーレムを倒さなきゃ入れないとしよう。
　まず事実として、あの部屋には鍵がかかっていて入れない。聖女の権限をもってしても入れないのであれば、この部屋がボス部屋で、あの部屋がその先の部屋として設定されているという事になる。だが、ここでもしマッドゴーレムのコアがあの部屋の中にあると仮定すると、あの部屋の壁はダンジョンの力による強化がされないはずなのである。

　ボスを倒さないと入れないボス部屋の先の部屋。そこにマッドゴーレムのコアがあるなら、どうやってもボスを倒せないことになりダンジョンとして不成立。ダンジョンの保護機能は働かなくなるはずだ。そもそもボスの本体がボス部屋の範囲に無いとすれば、ボス不在により部屋の鍵がかからない。
　よって、あの管理部屋に鍵がかかっていて、部屋の壁が強化されている時点で、マッドゴーレムのコアは管理部屋の外にあるはずなのだ。

　そう。マッドゴーレムの本当のコアはそれはあたかもロクコが提唱した豆粒オリハルコンゴーレムのように、このボス部屋のどこか（マッドゴーレム体内含む）に隠れている。

少なくともマッドゴーレムのコアは、マッドゴーレムの身体と繋がった場所である必要があるのでそれがヒントになるだろう。

そう念頭に置いて観察すると、コアがありそうな場所はすぐに目星がついた。マッドゴーレムの下半身。スライム状になっているところから、泥の道が伸びていた。

ただしそれは1本だけでない。5本。ヒトデのように星型に。このうち1本の先にコアがあるのか、それとも5本の先全部にコアがあるのかは分からないが、この先にこっそりコアがある可能性は非常に高かった。

さて、これを聖女に伝えるべきか否か。伝えるにしてもどう伝えるべきか。伝えないならどうやって聖女を始末するか――

うーん。ちょっと状況を整理しよう。

・噴火を止め、イッテツを助けたい↓人工ダンジョンのコアの破壊が必要
・人工ダンジョンのコアを壊したい↓聖女が邪魔になりそう
・ロードドル伯爵の救助↓マッドゴーレムが邪魔
・マッドゴーレムを倒したい↓目途は立った
・聖女の排除↓マッドゴーレムを利用するのが角が立たなそう？

大体こんなところか……

「……面倒になってきたなぁ」

『なんか面倒なことになってるわね』

俺とロクコの意見が一致した。

「どーすんの、おっちゃん。アタシがブレスでぶわーってやっちゃう？　うまいことあの雌だけやればいいんでしょ？」

「いやー、それも色々と面倒なことになりそうだ……ドラゴンだもの」

またドラゴンが出た云々《うんぬん》で騒動になりそうな気がしてならない……あー。


『もう全部洗い流しちゃいたいわね』

ロクコがはぁ、とため息をついた。が、洗い流す。それに俺は引っかかるものを感じた。

……洗い流す……洗い流す、か。うん、いいなそれ。

「よし、全部きれいさっぱり流してしまおう」

『えっ』

「なんか細かい事をぐちぐち考えるのが面倒になった。イッテツ助けるためにも、そんなに時間もないしな」

「じゃあ、アタシがブレスで？」

活躍する？　活躍しちゃう？　とイグニが尻尾をどたんどたん振って俺を見るが、俺は丁重にお断りした。

「いや。ここはロクコに頼みがある」

とにした。

『ん？　何かしら』

俺は、マスタールームの奥に置きっぱなしであろうあるものを引っ張り出してもらうことにした。

聖女アルカ　Ｓｉｄｅ

聖女アルカは攻めあぐねていた。

巨大なマッドゴーレム相手に聖女の攻撃は決め手に欠ける。本来であればただ焼き尽くし、砕くだけで良かっただろう。しかし、このマッドゴーレムには水分を供給する手段があった。魔法であると思われる。本来、魔法を使うようなゴーレムではないのだが、聖女は以前『魔法を使うゴーレム』に敗北を喫した覚えがある。その経験からして、そういうこともあるのだと認識していた。

「しかし……あの大技も効かなかったのは、どうしたものでしょうか……」

【ファイアジャベリン】をマッドゴーレムの身体に突き刺す。これも、このマッドゴーレム相手には時間稼ぎにしかならない。魔力《マナ》の消費を考えるとやらない方がマシかもしれないが、他に手がない。

「グオォオオオオーーーン！！！」

と、また巨大な水の玉がマッドゴーレムに落ち、水分を補給する。乾いていた表面が潤いを取り戻し、ぬるりと泥を循環した。まったく、どうしたものか。

そう思っていた時、ぱしゃり、と足が水を踏んでいた。

「……これは」

水が、ボス部屋の床に張られていた。マッドゴーレムが出した水が余程多かったのだろうか。水分の残量に余裕があるためか、マッドゴーレムはぬるりぬるりと余裕そうだ。

「聖女様、大変です、地下水脈の水が入り込んだ模様です！」

「は？」

そして、ケーマの声。戦闘しながら振り返って見れば、水が上の階――ボス部屋に繋がった階段から流れてきていた。

「これは……くっ！」

いくら水分を蒸発させたところで、次から次へと水が流れ込んでくる。ことわざで『湖にファイアボール』という言葉があるが、まさに文字通り――ボールではなくジャベリンだが――そのままであった。

「このままではこの部屋は水没します、一旦避難しましょう！」

「ぐ、ですが、ロードル伯爵が……」

伯爵の声は未《いま》だに『管理部屋』から、マッドゴーレムが動いて部屋が揺れるたびに漏れ聞こえていた。……退くわけにはいかない。しかし聖女アルカだけであれば【復活】スキルがあるため死んでも生き返ることができるが、ケーマ達《たち》は生き返ることができない。

「し、仕方ありませんね……ケーマ様、先に脱出を！　私はギリギリまでこちらの対応を試みます！」

「は、はい！　聖女様、せめて出せるだけガーゴイルを残しておきます。ご武運を！」

ケーマの返事を聞き、聖女アルカはほっと安堵《あんど》する。これでケーマが死ぬことはないだろう。しかも、3体のガーゴイルの援軍付きだ。聖女は腹をくくってマッドゴーレムに集中する。

泥は、大量の水分を得て調子が良さそうだった。ぱちゃり、ぱしゃり。一方で聖女アルカは水に足を取られ、動きが鈍る。ブーツの中にも水が入り、ぐちゅ、ぶちょと不快な音を立てている。粘度の下がった泥が、聖女をあざ笑うが如《ごと》くぼたぼたと水に落ち、水分をたっぷり取り込み、胴体を循環していった。

と、ここでガーゴイルが聖女を庇《かば》って倒される。がしゃん、と水に沈むガーゴイル。……その残骸を足場に、聖女はマッドゴーレムの攻撃を避けるが、次第にガーゴイルの残骸が減ってきた。より正しく言えば、水面が上昇して残骸が水の中に完全に沈み始めたのだ。

「ぐ、ぅ！」

聖女目掛けて振り抜かれる泥の拳。

「かはっ！」

聖女は、モロにその拳を食らい、壁まで飛ばされてからばしゃりと水に落ちた。

と、これを生き残っていた2体のガーゴイルが肩を貸して起こす。

そうだ、ガーゴイルなら空を飛んでいる。飛んでしまえば足元に水が満ちていようと問題は無い。

「……イチかバチか、アレを試してみますか。大技を使います。しばし逃げ回るのを手伝ってくださいますか？」

こくり、と頷《うなず》くガーゴイル2体。ガーゴイルは聖女アルカを抱え、飛び上がった。

マッドゴーレムは水分に余裕があるためか、態度にも余裕が見て取れる。緩慢になった腕の振りを、ガーゴイル達は聖女アルカを抱えて避ける。

だがそれでも所詮はガーゴイル。巨大な泥の腕に捉えられ、1体が犠牲になってしまった。もう1体だけで聖女を抱えて、聖女という足かせを抱えた状態で低空を逃げ回る。

そして、ついにこちらも絶体絶命——壁際まで追い込まれてしまった。振り上げられたマッドゴーレムの両腕。もはや聖女達には逃げ場がない。振り下ろされたらその質量を食らうしかない状況。

しかしここで、聖女アルカはニヤリと笑った。

「もう、十分ですよ。行きます――【ジャッジメントレイ】!!」

光の奔流が、マッドゴーレムの中心部に降り注いだ。

【ジャッジメントレイ】。それは、聖女アルカの魔力殆《ほとん》どを費やす王級光魔法。

聖女の全力。それがコア――『管理部屋』の扉に直撃する!

「グオォォォォォォォオーーーーン!!?」

「ぐ……ッ　やった、かしら……!?」

魔力枯渇により薄れゆく意識。しかし、落ちる直前にその視界に入ったのは、無傷の扉であった。――失敗。穴くらいは、開けられればと思ったのだが。

「無念……ぐっ」

顔をしかめる聖女アルカ。マッドゴーレムは脱力して水に落ちる聖女アルカをその手で押しつぶそうとして――

――しかし、ばしゃんと。聖女アルカは泥をかぶっただけだった。

「……っ!?」

水のような泥をかけられ、聖女アルカの意識が若干浮かび上がる。

泥。そう、水のような泥。マッドゴーレムの身体《からだ》が、ヌルヌルを通り越してドロドロに崩れていた。

「これは……！」

聖女アルカは、驚愕《きょうがく》に目を見開く。それは、発想の転換。水分を取り除くことで倒そうとしていたマッドゴーレムが、水分を過剰に摂取した事により自滅しようとしている。だがおかしい。ダンジョン内にこれほどまでに水が溜《た》まるなど、もともとの地形としてそうある場合を除いて聞いたことがない。

もっとも、人工ダンジョンに地下水が流れ込んだり転換期が訪れたりしたことなど今まではなかったのでそういうものなのかもしれないが。

「さて……どうやら、もう少しここに居られそうですね」

体はほとんど動かない。ガーゴイルに支えてもらってようやく溺死せずに水に浮かんでいられる状態だ。しかし、今度はマッドゴーレム側に決定打が欠けていた。大量の水は聖女の体温を奪うが、即座に死ぬほどではない。

「これは……お互い、持久戦になるのでしょうか……？」

聖女はマッドゴーレムを観察する。水に体が溶けつつも、水から離れない。元々天井に張り付いていたのだから、天井に行けば逃れられるはずだというのに……？

そして、攻撃もしてこなくなった。聖女アルカは体力の温存に努め、ガーゴイルに体を預けて尚《なお》もマッドゴーレムの動きを見る。

「あれは……」

大量の水を含んで身体を維持できなくなりつつあったマッドゴーレムの身体から、コアだと思われていた『管理部屋』が剝がれ落ちた。ずぅん、と水の中でも分かる大きな音を立てて水の中に沈む『管理部屋』。水が無かったら、ロードル伯爵の慌てたような悲鳴も聞こえていただろう。水が無かったら落ちた衝撃で中のロードル伯爵も無事では済まなかっただろう。

「……『管理部屋』は、コア、では、なかったと。そういうことですか……」

聖女アルカはようやくその事実に気が付いた。視界が悪い濁った水の中、よく見れば、マッドゴーレムは必死になって泥を集め、水の中で固まっていた。それは、そこには。おそらくマッドゴーレムの本当のコアがあるはずだ。事情が分かってきた。要するに、マッドゴーレムは、逃げ遅れたのだ。

部屋の外から水が入ってきた。ここまでの戦いで、水さえあれば負けることはないとマッドゴーレムは考えた。そうしているうち、足元が水で埋まった。限界まで水分を蓄えた。もう火は怖くない——と、ここまできて、ようやくマッドゴーレムは異常事態に気が付く。水が引かない。天井に逃げようにも、動けばさらに水分を取り込んでしまう。

まさか、自身が許容できないほどの水が供給されるとは思っていなかったのだろう。身体が水に溶け始めたところで、もはや動くこともままならなくなってしまったのだ。

「……ガーゴイルさん。私があのコアを破壊します。……可能であれば、伯爵の救助を」

ガーゴイルに通じているか分からない頼み事をし、聖女アルカは枯れかけた魔力を練り上げる。水中の一点を狙うのに最適な魔法をはじき出し、詠唱。

「[redacted]、[redacted]――【ストーンボルト】」

石の鏃《やじり》が泥の中心に向かって落ちていく。水の抵抗を受け減衰しながらも、十分な破壊力を持ってそれは泥の中に隠れた魔石を撃ち抜いた。

「……今度こそ、やりましたね……」

聖女アルカは、それを見届けたところで意識を失った。

#　ケーマ　Side

というわけで、ボス部屋水没作戦である。

もっと簡単に言えば泥汚れも聖女アルカも大量の水で洗い流してしまえ！　ということだ。俺は溺れ死にたくないというごく自然な理由で離脱できるし、聖女アルカがマッドゴーレムを破壊するならするで、ロードル伯爵《キャスリング》を救助するならするでなんの問題もない。

よく考えたらダンジョンの造り替えもコアの交換も【トリィティ】で封印されていてで

きないこと。つまり、一度水没させてしまえば聖女アルカには手が付けられなくなるのだ。

で、用意するものだが、ホースと、水を供給する泉。どちらも前にイッテツとのダンジョンバトルで用意した代物である。これに同じく以前も使ったミジンコを混ぜれば、敵のダンジョンに吸収されない敵性反応のある水が完成だ。貯《た》めて流す必要もないので、泉から直接ホースで水を流し込んでやった。

「よーし、そろそろ水没したかな？」

『ばっちりよケーマ』

聖女アルカとマッドゴーレムは相打ちになった——一応命がある分聖女アルカの勝利ともいえる——と、ロクコからの報告を貰《もら》う。よしよし、それならあとはコア部屋こと『管理部屋』に入り込んでコアを破壊するだけ。ホースももういらないだろう、片付けるか。

『それと頼まれてた援軍もそろそろ着くわね』

「お、そうか」

そして水中で動ける援軍も呼んでいた。これでもうばっちりである。

イグニとジェ○ガしつつ待っていると、援軍がにゅるりと顔を出した。

「うにゃ!?　なんだそいつ!?」

「ん？　ああ。ウチのモンスター。テンタクルスライムのテンさんだ」

全身が半透明なピンク色で、湿ってぬるりとした体。まるでイソギンチャクのようなフォルムの頼れる奴《やつ》。それがウチのサブダンジョン、『白の砂浜』のボス的存在にして、物理無効のテンタクルスライム、テンさんだ。

テンさんはにゅるにゅると触手を振って挨拶した。相変わらず気さくで明るいなぁ。

「おっちゃん、変わったモンスター使ってんだね」

「海の近くにもダンジョンを持っててな、そっちのボスをやってもらってる」

ぶにょんぶにょんと体を曲げてお辞儀するテンさん。

「ほら、よろしくだって」

「おっちゃん、こいつの言ってることとわかるの……？」

「え、分かるだろ？　こんなに触手がいっぱいあって表情豊かなんだぞ」

「……確かに普通のスライムに比べて触手がある分表情豊かという風に言えなくもない、のかな？　それともダンジョンのモンスターだから？」

『イグニ、安心なさい。私にも分からないわ』

え、言ってること分からないの？　と触手をねじって傾《かし》げるテンさん。いや、俺にはこんなによく分かるんだけど。翻訳機能の仕業かねぇ？

と、ここでテンさんがぬるんと体内から葉っぱで包んだ何かを取り出した。

「ん？　おみやげ？　へぇ魚か。ありがとうな、後で食べるよ。イグニもいる？」

「ぇ、なんかやだ……」

　イグニが微妙な顔をすると、テンさんはびくっと驚いた。会心のお土産を嫌がられるとは思っていなかったのだろう。……と、テンさんはさらにころんと何かピンク色の結晶を取り出した。

「これもおみやげ？　舐《な》めてみろって……おお！　しょっぱい！　塩だこれ！　え、前に教えた方法で海水から塩作ったんだ。へぇー。ほらイグニ、テンさんのお手製の塩だぞ」

「……スライムって塩とか作れるもんなの？　なんかピンク色してるんだけど……」

　ぷるん、と体を震わせて自慢げなテンさん。

「おっちゃん、このスライムなんだって？」

「え、どうだ凄《すご》いだろう、戦略物資も補給し放題だぞって」

「今の体震わせたのに戦略物資とかいう単語はいってたんだ!?」

　しかしイグニにはピンク色の塩もお気に召さなかったらしい。

　がっくりして落ち込むテンさん……おお、よしよし。ぽよんぽよんと背中（？）を撫《な》でて慰める。……あ、でもよく考えたらこの塩、色からしてテンさんの粘液成分（美容によかったり色々と血行が良くなる効果があったりする）が混じってそうだな。あとでサキュバス達《たち》に調べてもらおう。

「え、落ち込んでるんだそれ」

「見ればわかるだろ！　こんなに触手がへにょってなってるのに」

「分かんないよ！ってかおっちゃん。そのスライムでどうするのさ？」

　おっと。本来の目的を忘れてた。

「というわけで、テンさん。ここのダンジョンコアを破壊してきてほしい。場所はロクコが教えてくれるだろう。俺もここからモニターでチェックさせてもらうよ」

　にゅるん！　と触手で敬礼をするテンさん。久々のちゃんとしたお仕事に大張り切りな様子だ。

「……健闘を祈る！」

　答礼を返すと、テンさんはにゅる、ぽちゃんっと水没したボス部屋に潜っていった。

「……おっちゃん。アタシ、あらためておっちゃんのこと凄いと思った」

「ん？　どうした急に」

　ともあれ、テンさんを呼んではみたものの敵のボスも撃破済み。とても簡単なお仕事でしかない。おっと、『管理部屋』の扉がテンさんの行く手を阻む——が、問題ない。テンさんは水魔法でこれを破壊し、『管理部屋』の中に残っていた空気がごぼぼぼぼと外へ吐き出されていった。

　あ、そういやロードル伯爵が中にいるんだった。……一応、言い訳の利くガーゴイルに先行させる。先ほどの攻撃で一気に浸水した部屋の中、ロードル伯爵がぷかーっと天井のわずかな空気が残っている場所に浮いていた。テンさんが触手を伸ばして心音を探ると、ちゃんと生きていた。どうやら気絶しているだけのようだ。悪運の強い奴め。

で、肝心の人工ダンジョンのダンジョンコアは――おおぅ。既にぴしりと大きなヒビが1本入っていた。モニターを映す石板も割れ、ケーブルも外れている。

「ロクコ、テンさんに、ガーゴイルを鈍器代わりにして破壊させてくれ」

『はーい』

俺の指示をロクコ経由で聞いたであろうテンさんは、おもむろにガーゴイルの足をつかみあげ、水中にも拘《かか》わらず「ぐぉん！」と勢いよく振り回す。その先にあるのは、ヒビ割れた黒いダンジョンコア。

ビシィイイ！　と、ガーゴイルをぶつけた衝撃でヒビが全体に走る。そして、ばりん、ばりん、と鱗《うろこ》が1枚1枚剝がれ落ちるかのように、人工ダンジョンコアはゆっくりと崩れていった。

そして直後。ゴロロロロ……と何やら不穏な音が聞こえた。

『ケーマ！　大変、ダンジョンが崩れ――』

ブツッ！　と、通信が途絶する。

「え、おい。ロクコ？　ロクコ!?」

「おっちゃん！　やばいこれ！　なんか揺れてるんだけど！――あぶない！」

俺の頭上に落ちてきた岩を、イグニがバキッ！　と弾《はじ》き飛ばした。

……えっ、これもしかして、ダンジョンが崩壊する感じ？って、よく考えたらダンジョンを維持するためのダンジョンコアが破壊されたのだから、当然すぎる帰結か。

「しまったな……これはうっかりしていた」

「ど、どどどうすんのさおっちゃん!?　このままじゃアタシたち生き埋めだよ!?」

いやまぁ、うん。俺は【超変身】があるので、最悪生き埋めでも大丈夫な存在に変身しておけばロクコが掘り返してくれるだろう。モグラなら自力での脱出も狙えるか？

だがここにはイグニとテンさんがいる。この2人（？）は生き埋めになっても大丈夫かどうか……と、ふと俺はあることを思い出す。

「そういえばイグニ。ここって『火焔窟《かえんくつ》』にすごく近いんじゃなかったっけ？」

「え、あ、うん。大体18層くらいと壁一枚で」

「その壁、ぶち抜けるか？」

「!!」

この一言で、イグニは俺の意図を正確に理解してくれたようだ。

「おっちゃん、こっち！　水ン中！　ソッコーでぶち抜くからついてきて！」

ボス部屋の底が、火焔窟に一番近いところらしい。テンさんとも合流できていい感じだね。

俺は鼻をつまんで、イグニの後に続いて水に潜った。

エピローグ

「うげっ!?」

　イグニがボス部屋の底をぶち抜くと、そこは『火焔窟』の結構高い場所だった。これは足首を挫くどころじゃすまないかも――と、テンさんの触手が俺を絡め取り引き寄せてくれた。ぽにゅんと俺を身体《からだ》で包み込むテンさん。

　そのまま俺は、テンさんのクッションのおかげで軟着陸を果たし、ぺちょっと優しく吐き出された。粘液でベトベトになったがおかげで怪我《けが》一つない。

「助かったよテンさん」

　ぷるんっ！　と身体を震わせて『気にすんなよ、マスター！』と返事するテンさん。

　とりあえず【浄化】で粘液を拭って、イグニの無事も確認しておく。

「おーい、そっちは大丈夫か？」

「あー、アタシは平気。おっちゃんこそよく無事だね」

　と、上の方で穴が閉じる音がする。イッテツかレドラの仕事だろう。『火焔窟』に流れ込んだ水はミジンコ入りなので回収できずに下の階へ流れていった。まぁ、そのうち蒸発するだろ。『火焔窟』熱いし。暑いじゃなくて熱いし。

「おーい、ケーマァ！　イグニィ！」

と、サラマンダーのイッテツが『火焔窟』の通路を駆けてきた。そうか、ここドラゴンやサラマンダーが通る道だから十分広くなってんのか……と、納得したところで、ずざざざざっと床を削りつつイッテツは止まった。

「とーちゃん！　生き返ったの!?」

「死んでねェわ！　おかげ様でなァ！」

イッテツに飛びついて嬉《うれ》しそうにはしゃぐイグニ。

「もう動いて大丈夫なのか？」

「おうよォ！　ケーマが原因を排除してくれたおかげで一気に熱が引いてなァ、この通りピンピンだぜェ。これで噴火もバッチリ抑えられるわァ！」

「ああ、そりゃなによりだ」

イッテツの朗報にホッと胸をなでおろす。

「んン？　ケーマァ、そいつらはなんだァ？」

「……ん？　テンさん、ちょっとまってなに持ってんのそれ……あー」

見ると、テンさんは聖女アルカとロードル伯爵を触手に絡めて持ち上げていた。

「え、そこに落ちてた？」

恐らく、いや間違いなく、イグニの開けた穴から俺達と一緒に流れてきたのだろう。悪運が強い奴《やつ》らだよ、まったく。

「……ああ、いや、捨てなくていい。まぁ、うん。元々救助依頼だったしな……」

既に人工ダンジョンのコアを破壊したわけだし、今更聖女にトドメ刺すのもなんだったので、これも連れ帰っておくことにしよう。

うーん、意識はないようだが、呼吸も心拍もちゃんとある。

「途中で目を覚ますかもしれないな……そうなったら厄介だ。仕方ない、イッテツ。テンさんを直通で先にウチまで送ってやってくれないか。俺とイグニは普通に『火焔窟』を通って帰るから」

「おゥよ、じゃあロクコにもケーマの無事は伝えとくわァ！」

おっと、そりゃ助かる。急に通信が途切れたから心配してるだろうしな。

「【サモンガーゴイル】っと。よし、イグニ、道案内よろしく」

「おう！　まかせろおっちゃん！」

というわけでイグニの道案内のもと、改めて呼び出したガーゴイル達に聖女達と俺は背負われて快適に『火焔窟』を抜ける。敵は出ない。出てもイグニの餌《オヤツ》だけだ。……幼女がレッドミノタウロスを片手に引きずって、手足をもいでボリボリ食べながら歩いてるのはなんかこう、色々違和感を感じる光景だが……

結局、ドラーグ村に送り届けるまで聖女アルカもロードル伯爵も目を覚まさなかったので、これなら俺達も直通通路でさっさと帰った方が良かったかもな。

ロードル伯爵　Side

「う、うーん……はっ！　この天井はワシの部屋！　あー、夢であったか」

「……旦那様？　旦那様！　お目覚めになられましたか！」

ロードル伯爵が目を覚ますと、見知った天井と聞きなれた家令の声。

「む？　おお、家令か。ん？　前にもこんなことがあったような……まぁ良い。っと、なんじゃやふらつくな。おっとっと」

ベッドから起き上がり、ふらりとよろけるロードル伯爵。家令はそれを素早く支えた。

「まったく、不吉な夢を見た。人工ダンジョンが暴走し、『管理部屋』に閉じ込められる夢じゃ。落とし穴に落ちて気絶した後、起きて聖女様が助けにくるところまで夢で見た気がするわい。……夢じゃよな？」

「残念ながら旦那様、それは夢にございません。現実でございました……」

「なん……じゃと……？」

力が抜け、がっくりとうなだれるロードル伯爵。流石《さすが》に薄々は気が付いていた。腹も盛大に減っているし、夢と言うにはあまりにもリアルな感じだった。半日以上も一人ぼっちで喉もカラカラだったのだ。……喉はなぜか潤っていたが、頭をぶつけて作ったたんこぶが痛かった。

「お目覚めになりましたか、ロードル伯爵」

と、そこに聖女アルカが声をかける。どうやら家令と同じく部屋にいたらしい。頭の痛みとかで注意力散漫になっていたせいか、今回は本気で気付かなかった。

「こ、これはこれは聖女様。ご機嫌麗しゅう……」

「ええ、治療費は救出費と併せて別途請求いたしますので、ご心配なく」

ぐ、とロードル伯爵は思わず喉が詰まる。流石にこれは踏み倒せない……まぁ、ダンジョンが無事であるなら払えないこともないだろう——

「旦那様。……ご報告があります。人工ダンジョン『ゴーレムの墓場』は、消滅致しました……」

「はぁ!?　な、なんじゃとっ!?」

折角赤字が解消しこれからウハウハ儲《もう》かるという時だったのに、どういうことか。

「事実ですよ、ロードル伯爵。本来であれば、人工ダンジョンは残したかったのですが……まぁ、これはこれで貴重なデータが取れたと上には報告しておきましょう」

「聖女様。今回の件は人工ダンジョンの不具合ですぞ。つまり、監督役である聖女様に責任があるのでは？」

「ふむ。一理ありますね」

「で、では！　では、もう一度、タダで人工ダンジョンの種をお譲りいただければ——」

そう、ロードル伯爵が聖女に言い縋《すが》った時だった。


「悪いが、それは許可できない」

部屋に、シド・パヴェーラ——次期パヴェーラ家当主が入ってきた。

「な、何故《なぜ》ですシド様！　人工ダンジョンは次世代のダンジョン、安全安心の正しいダンジョンなのですぞ!?」

「そのダンジョンに殺されかけた男が良く言うな」

うぐ、と言葉に詰まるロードル伯爵。

「で、ですが」

「それに、かの人工ダンジョンがツィーア山の噴火を誘発するところであったと報告が入っている。そのような危険なモノ、次期パヴェーラ家当主として認めることはできん」

「ぐ、うぐぐ……！」

「あらシド様。今回はちょっとした手違いがあったのですわ。本来であれば、ロードル伯爵のおっしゃる通り安全な代物なのです」

「だが、実際にこのような事態になったであろう？」

そう言われてしまえば返す言葉もない。

「そ、そもそもっ！　なんですかなツィーア山の噴火とは！　ワシはそのような話、初耳ですぞ！」

「当然だ。伯爵が行方不明になると同時に暴走したダンジョン、これにより引き起こされていた事態だからな。これは信用できる冒険者が調べた内容である」

やれやれ、とシドはため息を吐く。実際、この報告はシドもつい半日ほど前に冒険者ギルドから通達されて知ったことだった。色々なショックで部屋に引きこもっていたシドだったが、この報告を受けた直後、迅速にドラーグ村に避難指示を出した。それは神童と呼ばれる次期パヴェーラ領主として相応《ふさわ》しい立ち振る舞いであった。

「無論今は事態が収束したということで避難指示は解除したが」

「でたらめではありませぬか!?　冒険者風情が、そのような調査をできるとは思えませぬ！　そのようなあやふやな情報に踊らされるとは……」

「……この報告を出したのは、ケーマ・ゴレーヌ殿だ」

「ッ……！　あの、詐欺師めぇえええッ！」

ロードル伯爵は怒りでぼすっ、ぼすっとベッドを殴る。重ねた毛布に拳が沈み込んだ。

「落ち着け。ケーマ殿の助力がなければ、今頃伯爵は地の底に埋まっていたところだったのだぞ？」

「そうですわね。私も、ケーマ様に助けていただきましたもの」

「うぐ……」

命を助けられた。確かにそれは大きい借り……しかしそれは本当なのだろうか？

「真実ですわ。それに、噴火の件も」

と、聖女アルカが言い切った。

「な、なん、ですと？　こ、根拠はッ、根拠はあるのでしょうな⁉」

「ここだけの話をしましょう。ケーマ様は、炎の大精霊、サラマンダーを従えています」

ぴしり、と空気が固まる。

大精霊。それはこの世界の自然を司《つかさど》るとされている、光神教をしても無視はできない強大な存在である。

「朧《おぼろげ》気な意識でしたが、私がこの目で。そして言っていたのです。『おかげで噴火が抑えられる』と。……そして、ケーマ様の別の使い魔を連れて先に帰るようにと命令しておりました」

「なん……じゃと……？」

「そもそも、私たちは『ゴーレムの墓場』から『火焔窟《かえんくつ》』へ抜けて、そこから生還したのです。これはつまり、ダンジョンの壁を破壊しうる手段をケーマ様がお持ちになっていたということに他なりません。そしてそれが、炎の大精霊の力と考えれば、辻褄《つじつま》が合うのです」

どこかうっとりと語る聖女アルカ。確かに、ダンジョンの壁を破壊することは並の手段ではいかない。が、そもそもケーマは『壁に埋まる』という事例も知っていた。それはすなわち、ダンジョンの壁を破壊したことが何度もある、という事だ。

「神判にかけられても、これは私が見聞きした真実であると言えるでしょう。……ですが、冒険者の奥の手はみだりに人に話してはならぬモノ。どうか、ご内密に」

神判にかけられても真実であると、聖女が言うのだ。まずこれは事実である。

そして、炎の大精霊。それが『噴火するところだった』と言っていたのであれば、真実ツィーア山は噴火の危機であったに違いない。

「ああ……いや、むしろ俺には合点が行く。ケーマ殿は、そうか。炎の大精霊を従えていたからこそ、ドラゴンを手懐《てなず》けることができたのだろう……」

「あ、あのようなデマッ……ぐ、ぅ……」

話の筋が通ってしまった。事実が提示されてしまった。

何らかの幸運かは知らないが、あの詐欺師は炎の大精霊を従えたのだろう。

であれば、火を操るドラゴンを逆に操り、手駒にすることができたのだろう。

それはつまり、ケーマの功績になんの瑕《きず》も無いという事に他ならなかった。

「伯爵。悪いことは言わぬ、しばらく『静養』しておけ。ドラーグ村は、パヴェーラ家で面倒を見ておいてやる」

「なっ！　そ、それはっ！」

それは、分かりやすい『没収』であった。

「……いいか？　ケーマ殿は伯爵の命を助けてくれたとはいえ、伯爵の行いを振り返ってみよ。普通であれば怒り心頭よ……大精霊を敵に回したいか？」

「ぐ、し、しかし……しかし……！」

まだ信じられない、いや、信じたくないといった様子をみて、シドはため息をついて聖女アルカに目配せした。

「ロードル伯爵は聖女様の言葉を信じられないと？　聖女様、どうやらロードル伯爵は聖女様とも敵対したいようです」

「あら、であればもはや援助はなりませんね」

シドと聖女アルカの言葉にサァっと顔色を悪くするロードル伯爵。

「めめめ、滅相もございません！　ワシは信じますぞ、聖女様の言う事ですからな！」

ニヤリ、とシドが笑みを浮かべる。

「さて。それでは伯爵も事態を認識したところで……『静養』しないというのであれば別の形できちんと責任を取ってもらうしかなかろう。大精霊の怒りを鎮めるために……首を落とされるのと火だるまになるのと、どちらが伯爵のお好みかな？」

言われて、気付いた。

ケーマが大精霊を従えているなら……ケーマの不興を買ったら、それは大精霊やドラゴンをも敵に回すことに他ならない。大精霊やドラゴンが敵に回るとしたら、パヴェーラ家はロードル伯爵をあっさり切り捨てるだろう。当然だ。その時は、旧パヴェーラ王家の流儀に従い首を刎《は》ねるか、大精霊やドラゴンに燃やされるかの2択しか残らない。『静養』を勧められているのが、間違いなく温情であるとロードル伯爵は理解した。

「シド様！　不肖リンゲン・ロードル、此度《こたび》の騒動により心身療養の必要性を感じました故、静養したく存じます！」

こうしてロードル伯爵は、静養することが決まった。

＃　ケーマ　Ｓｉｄｅ

人工ダンジョンを攻略した翌日、俺達《たち》はドラーグ村村長邸にてシドと話をする事となった。一応メイド仮面1号ことイチカ、それとニクがお供についている。この2人を控えさせてこの応接室に居ると、初めてドラーグ村にやってきた時を思い出すな。

「ロードル伯爵は今回の事件で色々疲れたらしく、町の方で静養することとなったよ」

「ん？　そうなのか。お大事にと言っておいてくれ」

しかし静養といったら自然豊かな所、というイメージだけど……まぁこの世界は工業が発展してるわけでもないし、町でも空気が綺麗《きれい》なんだろう。なら利便性の高い所で静養するってのも何ら不思議ではないか。

「今後はパヴェーラ家がドラーグ村を管理することになった。一応、俺がドラーグ村の村長ということになる。よろしく頼むぞ、ケーマ殿」

「ああうん。よろしく、シド殿。ご近所として仲良くやっていこう」

「そう言っていただけるとありがたい」

俺とシドは握手した。うーん、この10歳、堂々とした態度だ。これが毅然《きぜん》とした態度というやつなのだろう……先日までなんか恋破れて引き籠っていたらしいが、まぁそれは仕方ない。なにせシドはまだ10歳なのだから。

「先日の件はパヴェーラ側の失態だ。正式に謝罪をしておこう」

「ああ。いやいい。構わないさ。そういえば聖女アルカ様は？」

「……まぁ、うむ。まだこの屋敷に滞在している。人工ダンジョンも無くなったし、近日中には帰国される予定だな」

近日中。うん、これはウチの宿に1泊くらいしてきそうだね。ま、1泊や2泊くらいなら歓迎してやってもいい、ちゃんと金を払ってダンジョンを潰そうとしないなら。

「しかし、色々と困ったことがあってな」

ふぅ、とシドがため息を吐く。

「ため息を吐くと幸せが逃げるぞ？」

「む、それはオフトン教の教えか？」

「いや、単に民間の言い伝えだ。で、なにがあったんだ？」

俺が改めて聞くと、シドはよくぞ聞いてくれたと話し始める。

「うむ。実はだな……ダンジョンが無くなってしまっただろう？　だから犯罪奴隷たちの使い道が無くなってしまってな。畑を広げるには水が少し心許《こころもと》ないし……」

あー、あの連中か。……遠くへ行ってくれないもんかな。

「奴隷なんだし、売り払ったらどうだ？」

「犯罪奴隷とは思えない程に模範的だしよく働いてくれる。手放すのが惜しいというのが実情だな。特に半数は絶対にここで働きたいと主張していてな……」

サキュマちゃんになって話せばあっさり転がって行ってくれそうなもんだが、そのためにわざわざ一肌脱ぎたくない……アレ露出も多いから文字通り脱ぐようなもんだし……

「他に働ける場所とかは無いのか？」

「うーむ。伯爵が建てた宿も空室が目立つしな……高級宿で犯罪奴隷を使う訳にもいかんし」

そういやイチカって犯罪奴隷ってことになってるとか言ってたっけ？　まぁいいか。ウチはウチだし。イチカも実際はハメられただけらしいし。

「なので高級宿を潰して別の店でも、と考えているのだ」

おっと、それはよろしくない。一応今ドラーグ村の高級宿に行ってる客が、俺んとこの宿にきてしまう。

「そんなら、高級宿を改善して安宿の人員をそっちに回し、安宿で犯罪奴隷を使えば良いだろう。宿の改善なら俺も手を貸すぞ？」

「……は？……えっ。いいのか？」

シドはきょとんとした目で聞き返してきた。

「そ、それではケーマ殿の利を奪うことになるとおもうのだが」

「オフトン教教祖として宿を改善することを望んでおこう。なに、俺の信用のおけるパートナーが調べたところ、改善は難しくない」

なにせ、寝具がよろしくない、と言う話だったはずだ。であれば寝具を改善すれば一気に状況改善、商売繁盛、ウチの宿には閑古鳥って寸法さ！　Ｗｉｎ－Ｗｉｎだね！

「寝具を提供しよう。なに、適正価格で売ってやる……そうだ。パヴェーラには公共の入浴施設があるんだよな？　それを作って、高級宿の人は入り放題にしたらもっといいんじゃないか？」

ああ、でもそういえば水が心許ないとか言ってたな。……良い事を思いついた。

「温泉の出る魔道具。ダンジョン産のやつを貸してやろう」

「何……!?　そんなものがあるのか!?」

よし、食い付いた。

シドが俺に向き直り、真面目な顔をして質問してくる。

「いやだが……それはどういうものだ？　温泉を掘り当てる物なのか？　それとも魔道具から湯が出るのか？」

「魔道具から湯が出るタイプだな。ただ、妙な制約が多そうでここで使えるかは試してみないと分からない。ウチは天然の温泉があるから使わないし」

インテリアの石柱なりに『水源』をカスタムして貼り付けた代物を魔道具といって貸してやれば十分だろう。ＤＰ《ダンジョンポイント》の出費は高くても２０００Ｐには収まるはず。ドラーグ村からのＤＰ収入１日分で十分賄えるレベルだ。

「だが、俺の見立てなら……この村の中でなら多分どこでもいけそうだ。ちょっとした儀式は必要だが」

インテリアにトラップやらを貼り付けた代物は、設置したダンジョンのフロア内から外に出たら使えないのでこのドラーグ村フロアの中で設置する必要がある。が、そこは特殊な儀式が必要だと言ってテントなりで隠して設置すればいい。儀式の内容を秘密にするのは貸す条件に含めてしまおう。

そして、あくまで『貸し出し』。これが重要だ。

レンタル料を取ることで、トンネル通行料に次ぐ不労収入を得ることができるのだ！

さらに所有権がこちらにあるので、今後村同士の間で何か問題があれば「じゃあ温泉の魔道具返してね」と脅すことができる。ククク、これであればもはやわざわざ問題を起こしたりはしまい。つまり俺がぐっすり寝られる。


「……色々と怖いな。ドラゴン退治の英雄は交渉も得手《えて》であったか」

「むしろ戦闘は苦手なんだがな」

シドは苦笑いだ。恐らくこの『弱み』についてすぐに気付いたのだろう。マイオドールといい、貴族の子供ってやっぱ頭いいんだな。

あと万一返却を求めた時に「返さない」とでも言おうもんなら、ダンジョンからの操作で『不具合』が発生して温泉は出なくなるだろう。修理のための儀式（機能のオンオフ切り替え）は俺達しか知らない。完璧だ。

「代価はいかほどを？」

「応相談だ。といっても俺は魔道具レンタルの適正価格を知らん。ので、ウチの村の財政を管理してるダインって商人と交渉してくれ、支払いもダイン経由でいい」

そして仕事はダインに押し付ける！　こういうのは詳しそうなヤツに丸投げするのが一番だ。ダインにも手数料を払えば嫌とは言うまい。俺は俺が楽をするための出費を惜しんだりはしないぞ？

「ああそれと。あの人工ダンジョンの跡地だけども」

「……何かあるのか？」

「掘れば、アイアンゴーレムの残骸が大量に出てくるだろうと思うぞ」

そう。ダンジョンバトルで送り込んだアイアンゴーレムだが、殆《ほとん》どを回収し損ね、多くのゴーレムが人工ダンジョンの崩壊に巻き込まれて埋まってしまった。故に、大量の鉄資源が埋まっている形になる。それに、俺達が送り込んだ分の他に、人工ダンジョンが作っていた脆《もろ》いアイアンゴーレムも埋まっているはずだ。

「ダンジョン内にたくさんゴーレムがいたからな。奴隷達にはしばらくそれを掘らせておいたらいいんじゃないか？」

少なくとも合わせて２００体以上はいるはずなので、掘り尽くすにはそれなりに時間もかかるだろう。

「……それは、実に貴重な情報だな。ああ、うん。魔道具も是非、借りさせてもらおう。ケーマ殿のおかげで色々な問題が一気に片付きそうだよ……ははは」

シドは複雑な感情がこもった笑みを浮かべていた。

「……それで、代価はどうすればいい？」

「何、気にするな。お隣さん同士、仲良くしよう」

　こうして、ドラーグ村との話はあっさり終わった。シドはしきりに代価を気にしてたが、やっぱり商人の町パヴェーラの次期領主ってことなんだろうなぁ。

ウォズマ　Ｓｉｄｅ

「……村長、いいかげんにしてください」

　ケーマがドラーグ村に事後の話し合いに赴き、帰ってきた後さっさと寝たケーマに代わりイチカから色々と報告を受けたウォズマ。翌日、ケーマと会うやいなや開口一番にこの言葉が出たのは当然と言えた。

「お、おう。すまんウォズマ、ちょっと勝手にやり過ぎたかな？」

「はい、やり過ぎです」

　そう、明らかにやり過ぎだ。色々と仕出かしていたドラーグ村旧村長ロードル伯爵を、ゴレーヌ村に手出しできないよう遠ざけた事に対しての『褒美』としては明らかに過剰であった。

　それほどまでにロードル伯爵を気にしていたのだろうか。いや、ケーマはその動向に無頓着であった。どちらかといえば気にしていたのはウォズマ達《たち》村人であり、これに配慮した処置だったのかもしれない。なにせ、ケーマ自身はロードル伯爵の命を救っている程なのだから。

「いやぁ、はっはっは……しばらくお飾りの村長として何もしないでおこうか」

「何を考えているんですか？　まったく」

まったく、お優しい村長だ。酷《ひど》いくらいお優しい。とウォズマはため息を吐く。

今回の話し合いは、本来シドが頭を下げてその慰謝料としてケーマの要求をうけるためのものだった。しかしシドがロードル伯爵を静養させる——と頭を下げた時点で、慰謝料は不要とケーマは何の要求もせず、むしろドラーグ村の難題であった『犯罪奴隷の処遇』『水資源の不足』、そして『赤字経営の高級宿』、この３つをあっさりと解決する情報と提案を場に出した。

あからさまに過剰である。どこからどう見ても大きすぎる『貸し』だ。だが、ここでケーマからの提案を断るなど謝罪側のシドができるはずもない。

この『貸し』により、事実上ドラーグ村をゴレーヌ村——いや、ケーマの支配下に置いたと言っても過言ではない。もはや、ケーマからのかなり無茶な要求もドラーグ村では通るだろう。

ドラーグ村が弱っているところにすかさずこの提案。特に、あまりにもタイミングが良すぎる『温泉が出てくる魔道具』なる存在などは確実にこの時を狙っていたとしか思えない代物だった。

「とりあえず魔道具の貸し出し費用はどのようにしますか？　村長の魔道具ですし、村長が決めてください」

「あー、適正価格で頼むよ」

「適正価格ですね、わかりました。ダインにはそう伝えておきます」

「おう。ボッタクったりするなよ？　どうせ余ってたヤツなんだから」

既に多くの『貸し』が積み重なっているドラーグ村。ここに更に魔道具を「適正価格」で貸し出すことで更に『貸し』を積み重ねるつもりのようだ。一方、ドラーグ村村長、シドは今度こそ慰謝料などの意味を込めて相場よりも高い額を支払い、少しでも『貸し』を清算したいところだろう。一方でダイン商会はケーマのやり方を心得ている。

つまり、きっと交渉ではドラーグ村村長《金を払う方》がより高値を提示し、ダイン商会《金をもらう方》がより安値を提示する奇妙なことになる。……そして、村長がボッタクるな、と言った以上は相場か相場よりも安い値段で契約をまとめるだろう。……もし賃料が暴利であれば、分かりやすく貸し借りは解消されただろうに。

教本に載せたいほどの、見事な『恩の押し売り』だった。

ケーマ Side

聖女アルカが『踊る人形亭』にやってきた。さすがに丁度受付担当だったネルネ——勇者だろうが構わず塩対応する魔女見習い——に応対させることに若干の不安を感じた俺は、先回りして交代し、自ら受付することにした。

「ケーマ様。約束通り、泊まりに来ました」

「ようこそおいで下さいました。聖女様。……ちなみに、宿泊費は大丈夫ですか？」

「無論です。セント、出しなさい」

「はっ」

と、側《そば》に控えていた従者が背負っていた祭壇から袋を出し、カウンターに置いた。明らかに枚数が多いが……えーっと、金貨181枚？　なんか半端な数だな……

「ウチの宿は1泊金貨25枚、Aランクディナー金貨5枚ですが」

「一週間分、6泊お願いします。ご飯も最高級のを」

あ、そういう。

【トリイティ】の反動——72時間の後は入れない——という縛りは、対象の人工ダンジョンの破壊に成功したから無効らしく、のんびりと滞在できるそうな。そして、従者の分は一般部屋6泊分を金貨1枚でということらしい。チップ込み。……まぁそんなら毎日お子様ランチというのもなんだし、メニューは日替わりにしてあげようかな。あと約束のショートケーキも付けとこう。

「では、スイートまでご案内させていただきます」

「はい、よろしくお願いしますケーマ様」

……名指しされてしまったし案内くらいはするべきか。

と、そこにイチカがタイミングよく通りかかった。

「お、聖女様やん。もうすぐネズミレースの時間やけど、どや？」

「行きます」

聖女アルカ即答。「以前も泊まりましたし、やはり案内は結構ですわ」とスイートルームの鍵だけ受け取り、イチカと共に遊戯室へ向かって行った。

……なんというか、ブレないなぁ。ああ従者さん、一般部屋はあっちね、鍵これ。

＊　＊　＊

温泉魔道具のレンタル料交渉をダインに任せた結果、なんと『儲《もう》けの８割』ということで決まった。最初はシドが「水使用料、浴場等の入浴料等、諸々《もろもろ》考慮して支払う」と言っていたらしいが、ダインは徹底して「８割が譲れない一線」と主張したそうな。

まさか儲けの８割も、つまり山分けにした上で更に半分以上もぶんどるとは。さすがダイン、交渉上手である。任せてよかった。

……えっと、本当に適正価格なんだよね？　貰《もら》いすぎてないよね？　怨《うら》みを買うのは嫌だぞ俺は。「ちゃんと恩を感じてくれる価格のはずや」って？　ならよし。まぁ経費差っ引いた純利益の8割なんだからお互い損はないはずだよね。

さすがに赤字のときにこっちが金払ったりはしないらしいけど、そこまでは面倒みられないって。


というわけで、料金も決まったので『温泉の出る魔道具』をドラーグ村へ運ぶことになった。受け入れ準備ができたという報告を受け、魔道具を運ぶためにダインから馬車を借り、荷台に魔道具を括《くく》り付ける。

……ちなみにこの魔道具、ただの1m立方の四角い石に、『水源』というダンジョンのオブジェクトをくっつければ完成という代物なので、馬車の荷台に載せている現状ではただの石である。あ、『水源』は出てくる水の成分を少しだけ弄《いじ》れるオプションがあったので、出てくるのはちゃんと『温泉』となる予定だ。（最悪『水源（下剤）』みたいにも調整できるようだが、今回は適当に温泉らしい成分にする）……硫黄泉にはしないでやろう。あれはニオイが結構キツイからな。

お供はニクとイチカ（メイド仮面1号）。もはやすっかりドラーグ村訪問時の固定メンツになってるな。イチカのメイド仮面も含めて。

「ところでご主人様。ひとつ聞きたいんやけど」

「ん？」

「なんで【収納】で運ばないん？　そっちの方が楽やろ」

あっ。言われてみればそうだな……

「メイド仮面1号。それを言ったら、現地で交換する方が楽です。ご主人様には考えがあるに違いないです」

更にニクのフォローが突き刺さった。えーっと。

「……このデカい石が魔道具だと見せるのが目的だよ。これを見たら泥棒も『こりゃ盗めないぞ』ってなるだろ？　あえて見せることで、あらかじめ犯罪を抑制する効果があるんだ」

「はぁ、なるほどなぁ。さすがご主人様、とっさの出まかせにしては筋が通っとるわ」

「おい」

出まかせって言うな、その通りだけど。

「……だってなぁ。【収納】あったら盗めるやろ？」

「……それもそうだな」

この世界の防犯は、結構難しいのかもしれない。

ドラーグ村に着くと、トンネルの出口でシドが待ち構えていた。護衛も一緒だ。

「ケーマ殿！　待ちかねたぞ」

「おやすまない、約束の時間に遅れたか？」

「いや。俺が早かっただけだ。で、それが温泉の魔道具か」

シドは早速荷台の石に興味津々のようだ。

「早速だが、どこに運ぶ？」

「ああ。まずは町中で試してほしい。こっちだ」

俺達はシドの案内で村の中の設置候補地に向かった。……うん、ここならダンジョン範囲内だから余裕で設置できるな。しかもちゃんと水が流れていく水路も整備されているようで、適当に水を垂れ流しにしても問題なさそうだ。これ俺がダメだって言ったらどうする気だったんだろうかってくらいにしっかり工事されている。

「……もう水路を用意してあったのか？　もしここで温泉が出なかったらどうするつもりだよ」

「何。その時はここまで別途水路を引けばいいだけの事。ここで出てくれるのが一番手っ取り早くて楽なのには変わりない。それに、ケーマ殿を信じているからな」

きっぱりと言い切るシド。いや出すけどね、うん。

早速儀式をということでシドと護衛さんにも手伝ってもらって周囲の視線から隠れるよ

うにテントを張る。

そこに1辺1mの巨大なサイコロみたいな石を運び込み、用意されていた台座にどんと置く。これはニクがあっさりと持ち上げ、置いてくれた。見た目より軽いのかとシドの護衛の人が持ち上げられるか試していたが、普通に重くて持ち上がらなかった。恐るべしオリハルコンサポーター付きわんこ。強い。


そんなわけで、あとはダンジョン設備『水源』を設置するだけとなった。

「それじゃ儀式をするとしようか。俺とクロ以外は出て行ってくれ。イチカはテントの外で見張りを頼む」

「了解や」

「ところで他に俺達に何かできることはあるか？」

「ん？　そうだなぁ……あ、そうだ。シド殿、少し頼みがあるん――」

「いいぞ何でも言ってくれ！」

食い気味でシドが言う。お、おう。なんかすごい協力的だな。そんなに温泉の魔道具が楽しみなんだろうか？　まぁ、気持ちは分からなくもない。お風呂ってさっぱりするもんな。【浄化】とは違う気持ち良さがあるよ。

「で、なにをすればいいんだ？」

「儀式は秘密だから、周囲に人が来ないようにしてくれればいい」

「なんだそんなことか。任せておけ。ケーマ殿が呼ぶまで誰も近づけたりしないと誓おう」

よし、これで安心して色々できるな。……元ラスコミュの連中に会う事もあるまい。

そんなわけで人払いをシドに任せ、俺とニクはいよいよ魔道具設置の儀式に挑むことにした。

といってもやることは特に難しくない。メニューさんからカスタムした『水源』を設置すればいいだけだ。ビバダンジョン。ダンジョンマジ便利。あ、これ間接的にロクコ褒めてることになるんだろうか？

「……とりあえず、水量は天然温泉くらいで……温度は、ウチの温泉よりも熱くしとかないと冷めるだろ。……成分は温泉的なのにしてーっと……」

一応ニクに周囲を警戒させつつ、俺はメニューを操作する。もっとも他からは見えない設定にしてるから柱というか石ブロックに向かって指をぽちぽちしてるだけなんだが——

よし、これで準備完了。あとは決定ボタンを押すだけだ。

だがここですぐに終わらせてしまっては「儀式とかホントはしてないんじゃ」とか言われてしまうところ。ありがたみもない。なので、適当に時間を潰すことにした。

そういえば、人工ダンジョン跡地はどうなったんだろう？　とモニターで映す。

『ママのためならえーんやこーらっ！』

『聖母《ママ》のためならえーんやこーらっ！』

……そっと閉じた。犯罪奴隷達《たち》も元気に働いているようでなによりだ……あー、良い天気だなぁ。

あ、ニク。ひと眠りするから膝枕してもらってもいいかな？

＊　＊　＊

ひと眠《げんじつとうひ》りが終わった。

「ご主人様、そろそろ仕上げます、か？」

「そうだな、魔道具の方の儀式ももういい頃合いだ。あとは定期的に魔石を捧《ささ》げてもらえば温泉が出続ける、ということで」

そう、魔道具の運用には本来魔石が欠かせない物。ただし『水源』はダンジョン設備なので特に魔石は要らないのだ。そのあたりをごまかすため、週1くらいで魔石を捧げてもらうことにしようと思う。そしてそれをこちらでこっそり回収すれば、レンタル料に加えて魔石ももらえることになる。

ＤＰ《ダンジョンポイント》貰いつつ宿代をもらうために宿を建てたのと似たようなもんだな。こうして報酬を二重取りできるから村長兼ダンジョンマスターはウハウハでたまりませんなぁ……まぁ村のＤＰ量に比べて多分微々たるもんだけど。魔剣ゴーレムブレードとかの材料にさせてもらおう。

というわけで保留していた『水源』の設置ボタンを押す。ダンジョンのインテリアである四角いブロックの上からぶわぁっと水があふれだした。

水道やホースから勢いよく出てくる感じではなく、『水源』を張り付けた上面からまんべんなく水が溢《あふ》れてきた。まるでブロックをヴェールで覆うかのように温泉が溢れ、湯気を立てつつ台座の下に流れていく。

出口が細かったら噴水のようになるんだろうけど、と思いつつ、温度や水量を調整した。

……あ。【クリエイトゴーレム】で魔石を置く場所作らないと。横に小さい戸を付けてそこに入れてもらえば……いやこれ結構水が邪魔だぞ？　適当に壁つくって流れる方向を調整しつつ……『水源』の位置を土台ごと動かして……いやむしろ中に埋め込んで……壊さないよう慎重に……なんかマーライオンじみてきたな。装飾もうちょっとこだわって、温泉のライオン風に……？　いやまて。ライオンの口から水ってヨダレみたいであんまり印象よくないだろ。設計しなおしだ。とりあえず『水源』は内側にもってってって、横穴つけてどばーっと流す感じで……

「……よし、これで完成だ」

「お疲れ様です、ご主人様」

結局四角いオブジェで、温泉が横穴からどばどば出てくる勢いのない噴水のようになった。魔道具として魔石をセットする場所は、温泉が出てない面に小さい扉を作ったので、これを開けて中に放り込んでもらうことにした。適当なタイミングで回収すれば魔石を消費しているように見えるだろう。

……あ。そうだこれ、【クリエイトゴーレム】で台座にくっつけとこうかな？　そうすりゃ防犯は完璧だろ。うん。そうしよう。こっそり固定して完成っと。

かくして温泉の魔道具起動の儀式も終わった。


あとは報告して、テントを撤去して帰るだけだ。湯気の立つ温泉が水路から流れていったからだろう、俺がテントから出てくると、既に少しざわざわしていた。

イチカに儀式が終わったことを報告してもらうと、すぐにシドがやってきた。

「ケーマ殿。温泉が出てから随分かかってたようだが、無事終わったのか？」

「ああ、ばっちりだ。というか、温泉が出てからが儀式の本番だったからな。見るか？」

「もう見てもいいのか。なら是非みせてもらおう」

シドをテントに招き入れ、俺の力作を見せる。さあ見るがよい。これぞ温泉の魔道具であるぞ！

「ほほう、あの四角いのはこのように穴が開いて湯が出る物だったのか。なかなかに趣《おもむき》深い」

「ちなみにこの横のところに小さい扉がついてて、魔石投入口になってるんだ」

「なるほど。ここに魔石を投入すればいいんだな……しかし、思ってた以上に水量があるみたいだが、これは一時的なものなのか？」

「いや、ずっとこの量出ると思うぞ」

「ずっと……というと、1日中か？」

「おう。1日中……何かまずかったか？」

どことなく渋い表情だったので聞いてみたが、シドは首を横に振った。

「……いや、これだけの量の水を出すとなると維持する魔石も相当かかりそうだと思っただけだ」

「あー……週1くらいでアイアンゴーレム級の魔石1個つかえれば十分動くと思うぞ」

あんまり維持費高くして払えなくても困るので、無理のない量にしとこう。止めるには止めるで操作しなきゃなんないし、面倒だもんな。

「さ、さすがはダンジョン産の魔道具といったところか。性能が桁違いだ」

「そうだな。ダンジョン産だもんな」

「……この量が一日中出るとなると、もはやこの村で水に困ることはなさそうだな……」

「水路は大丈夫そうか？」

「ああ。問題ない。ダイン殿の忠告を素直に聞いておいて正解だった」

ダインが何を言ったのかは知らんが、とりあえず問題は無いらしい。いやぁ、良く分からんけど優秀な部下だ。

「まぁ、とにかくこれでこっちの仕事は終わりだ。あとはシド殿に任せたぞ」

「任された。一日でも早く使用料を納められるよう努力しよう」

俺とシドはぎゅっと固い握手を交わした。よし、魔道具の設置、終了だ。あとは帰って寝るだけだな！


「ところで、ひとつケーマ殿に折り入って話があるのだが……良いか？」

「……なんだよ。面倒ごとならお断りだぞ？」

そう軽口を叩《たた》きつつも、俺は友達（外交上）であるシドの誘いを断ることもできず、ドラーグ村村長邸にやってきた。お、壺《インテリア》が増えてる。俺が席に着くと、シドの家のメイドさんがそっとテーブルにお茶を出した。

「あの魔道具のお蔭《かげ》で今後は水も気にせず使えそうだな」

「ん？　生活用水に使うならもっと水量多い方が良かったか？」

「十分だ。元々雨水とか水差しの魔道具でやりくりしていたんだ。この辺りはそれなりに雨も降る――っと、これはゴレーヌ村村長のケーマ殿には常識だったかな」

そうだね普通に雨も降るもんね。山の反対側で気候がまるっと変わったりもするけど。

「それで、話ってのはなんだ？　怪しい儲《もう》け話ならお断りするぞ？」

「悪い話じゃない。ケーマ殿にもいい話のはずだ」

「そう言うが、悪い話に誘う奴《やつ》は素直に悪い話をしますとはなかなか言わないだろうよ」

「確かに……ええと、儲け話だが怪しくはない、ということになるかな？」

「いいからさっさと話せ」

聞いてやるから、と先を促すと、シドは一回頷《うなず》いてからゆっくり話し始めた。

「要は、パヴェーラ家とケーマ殿の繋《つな》がりを強固なものにしたいという話なんだが」

「ほう。つまりゴレーヌ村とドラーグ村の仲をより強くするための話か」

「……まぁそうだ。それにはやはり婚姻が手っ取り早いと思うんだが、どうだろうか」

「ふむふむ……つまりパヴェーラ家の誰かを娶《めと》って欲しいと？」

「いや――ああ、そういうことに、なるか。そうだな」

そうか。つまりこれはあれだ。ツィーア家でもあったように、婚姻で仲を深めようとする策だ。俺は詳しいから分かるぞ、貴族って奴はすぐ血の繋がりで縁を保とうとする。

「ダメだな。俺にはロクコがいる。お断りだぞ」

「いや。ケーマ殿じゃない。クロイヌ殿の方だ」

「うん？」

そう言ってシドはニクの目を見る。

「どうか俺と婚約してもらえないだろうか？」

真剣な声で言うシド。

「……ご主人様」

「おいまてシド。クロが困惑してるだろ。なんの冗談だ？」

「俺は本気だ！」

助けを求める視線を向けてきたニクを庇《かば》ったが、シドはさらにゴリ押ししてきやがった。

俺は少し目を閉じて考えた。あ、このまま寝たい。ダメ？　ダメだよなぁ。そういえば俺ってば副村長《ウオズマ》から仕事しないように言われてるんだけどなー。もうなー。

……さて、現実逃避はさておき、どうにか対処しよう。

「というかだ、クロはツィーアのマイオドール様と婚約してる。シド殿と婚約する余裕はない」

「何を勘違いしているケーマ殿。別に、マイオドールとクロ殿の婚約を解消させる必要などないだろう？」

「……え？」

「貴族には、第二夫人というものがある」

ふふん、とシドは笑みを浮かべた。

第二夫人。それは甲斐性《かいしょう》の有り余る男に許された両手に花。

ただし第一夫人と第二夫人の仲が悪いと、間に挟まれる夫は大変なことになるし修羅場やらサスペンスやらなんかもう面倒なこと請け合いだ。そして跡継ぎを産んだり遺産がどうのとなったり、その、とにもかくにも面倒で面倒が面倒な面倒という面倒な話である！

「いやいやいや、ダメだ。第二夫人はダメだろう」

「だが俺とクロイヌ殿とマイ嬢が綺麗《きれい》にひとつにまとまるいい話ではないか？」

「どっちが正妻かとかで揉《も》めたりは……それはないか」

「ああ、それは一見して明らかだろう？　無論、マイ嬢が第一夫人だ」

奴隷のニクと領主貴族のマイオドールであれば、明らかにマイオドールが第一夫人だよな。

「だがそこまでして婚姻を結ぶメリットがこちらには無いだろ」

「噂《うわさ》で聞いたが、クロイヌ殿はケーマ殿の子――のようなものだそうだな。つまりクロイヌ殿と俺が夫婦関係になれば、ケーマ殿はいわば俺の義理の父。同じく父であるパヴェーラ領主からの厚い支援を約束しよう」

なんなら契約書に残していい、と既に『パヴェーラ領主ソラヴァーユ・パヴェーラ』とサインが入っている契約書を取り出すシド。

「ちょ、それ本物なのか？」

「本物だ。俺、シド・パヴェーラが――シドルファス・パヴェーラが保証しよう」

「といっても、こちらにそれを判断できるヤツが今いないんだが……」

シドはさらに3枚のサイン入り契約書を置いた。内容は同じである。

「ケーマ殿用、パヴェーラ家用、それとツィーア家と冒険者ギルドにも提出するために同じものを4枚用意してある。内容が不明確である内容ゆえに、父には少し無理を通させてもらった。もっともケーマ殿との縁をつなぐためと言ったらすぐに書いてくれたよ」

……ギルドにまで出すのだ、嘘《うそ》という事は無いだろう。


「だがやはりだめだ」

契約書の本文を読んだが、単純に『結婚してくれたらゴレーヌ村・ドラーグ村の両村を支援する』というようなことが貴族らしい言い回しもなく分かりやすく書かれていた。結婚以外はほぼ無条件で『ゴレーヌ村のためになる支援』なら何でもしてくれる勢いの内容だった。本当にこんな書類にサインいれちゃっていいのかパヴェーラ領主さんや。

……ま、ニクを第二夫人にさせる気はないけど。本人がそれを望んだら別だが。

「なぜだ？　自分で言うのもなんだが、俺は顔は整っている方だと思うし、頭の回転も評判もいい。ケーマ殿の前ではかすむが、神童などと呼ばれたりもしている程だ。……もし俺が逆の立場であれば、すぐに受ける話だと思うぞ」

「……だったらなんでお前はツィーア家から婚約をお断りされたんだ、シド？　パヴェーラ家への嫁入りが何か問題あったりするからなんじゃないか？」

俺がそう言うと、一本取ったと言わんばかりにニヤリと笑った。

「勘違いしているようだな、ケーマ殿」

「……えっ」

シドはそう言って赤い魔法薬――『テイ・A《エース》』。性別反転薬――を取り出した。


「俺が第二夫人だぞ、お義父《とう》さん」


……シド、お前正気か？

いや、よくよく考えたら外交上の立場として『ニク＝マイオドールの婿＝男』ということになってるんだとしたら、シドから嫁入り志願するのはごく普通のこと、なのか？　とはいえ、ニクが女の子であること自体は分かっているのだろうけど……性別がこんがらがってわけわからんからこれ以上引っ掻《か》き回さないでくれ。

「ボンオドール様にも話を聞かないとなんとも言えんな……」

「それが当然か。……まぁ俺は本気だが。あ、１枚持っていくか？　お義父さん」

「いや、いい。あとお義父さんと呼ぶな」

「ああ、気が早かったな。すまないケーマ殿」

そう言いつつ、シドは契約書を仕舞った。

赤い魔法薬から、この場にいない混沌神《レオナ》の笑い声が聞こえる気がした。

＊　＊　＊

そんなわけで、色々とあったが聖女アルカのご帰国である。……特に何もしてこなかったが、居るだけでなんか色々疲れた。あと少しでお別れとか、すがすがしい気分で胸がいっぱいだ。

一応スイートに泊まる他国のＶＩＰということもあり、俺はツィーア山貫通トンネル前まで見送りに来ていた。

「ケーマ様。やはり聖王国へおいでになってはくださらないのですか？」

「申し訳ありませんがお断りします」

「まぁ……残念ですわ。しかし、ケーマ様ならば今後いくらでも機会はあるでしょう。なにせ、不死身の聖女を助けてくださるようなお方ですもの」

うふふ、と嬉《うれ》しそうにほほ笑む聖女アルカ。

「……ケーマ様。少し、後ろを向いてくださいますか？」

「え？　まぁ、良いですけど」

と、俺が後ろを向くと、聖女アルカがスッと俺に後ろから抱き付いてきた。

え？　何、何なの!?

「どうかそのまま……顔を見ると恥ずかしくて話せなくなりそうなので」

「あ、はい……？」

そう言いつつ、聖女アルカは俺の腰に手を回し、ぎゅっと体を押し付けてくる。大人の女性特有の柔らかい身体《からだ》が、ぷにゅりと密着する。百合《ゆり》のような香りがふわりと鼻をくすぐった。

「先日は命を助けていただき、ありがとうございました」

聖女アルカが言うそれは、人工ダンジョン生き埋めの際に気絶した聖女アルカを助けた件だろう。他に思い当たる節もない。

「私、ああいう場面で生還したのは初めてでした。……御存じの通り、聖女は【復活】というスキルがありますので、大抵は死んで戻るのです」

「死なずに済むのであればそれに越したことはないのでは？」

「……そうですね。そのはずです……あー……その……」

聖女アルカは何か喉に言葉がつっかえて出ないようだった。

「何か、言いたいことがあるならハッキリと言ってしまっては？」

「っ……そう、ですね」

　俺が言う言葉に、改めて呼吸とタイミングをとり、聖女は言った。

「申し訳ありませんでした。噴火してしまえば良い、などと、私が間違っておりました」

　あー、そこ。

「私も、歴代のように聖女の仕事をしているうちに死に疎くなっていたようです。ケーマ様に助けられ、初心を思い出しました……」

　聖女アルカの中でどういう葛藤があったのかは分からないが、それは彼女の中でとても勇気のいる言葉だったのだろう。聖女ともなると、前言を撤回してはならないとか、間違ってはならないとか、そんな縛りのような意識があるのかもしれない。……オフトン教聖女レイですら気を張ってる節があるくらいだ。そんなキツイ縛りはないオフトン教ですらこれなら、光神教の聖女の重圧はいかなる程かと。

「いえ。気にしなくて結構ですよ。聖女様」

「あぁ……ケーマ様。ケーマ様が許して下さるなら、今すぐ光の元へ攫《さら》ってしまいたい」

　そう言って、聖女アルカはさらに俺の身体を抱きしめ――

「――そんなことさせるものですか！」

と、ロクコがやってきた。

「……またですか。私とケーマ様の逢瀬《おうせ》を邪魔しないでくださいませんか？」

「なっ、何いってんのよ、ケーマは私のパートナーなのよ！　ほら離れて、離れなさいっ」

ロクコが俺と聖女アルカを引き剝がそうとする。が、なんということか。聖女は俺にひしっと抱き付いたまま離れない。ロクコの力では引き剝がせないようだ。

「ケーマも抵抗しなさいよ！」

「いやこれ俺動けないんだよ」

というか俺も実はさっきから剝がそうとしてるのだが、聖女の抱き付きにより身じろぎひとつできなかったりする。オリハルコンサポーターをニクに返してしまってまだ作り直していないのもあるが、腕を外側から抑え込まれた上で体の動きを完璧に封じられてる感じだ。

「うふふ、ケーマ様も私を受け入れてくれているということですわ」

「そんなはずないじゃないの！　というか！　なんであんた！　ここにいるのよ！」

「ケーマ様に是が非でも宿に泊まって欲しいと頼まれてしまいまして」

是が非でもとまでは言ってないんだけど？

「ケーマは、私の、なん、だか、らっ！」

「あらあら」

聖女アルカがようやく離れる。ロクコに引き剝がされたというよりは自ら離れた感じ。

「独り占めはよろしくないですわロクコ様。良きモノは分かち合う、これも光神教の教えですので」

「知らないわよ！　私はオフトン教よ！　ケーマなんてオフトン教教祖なんだから！」

と、今度はロクコが俺を奪い取られないようにと抱きしめてきた。むにゅんと、色々と柔らかいのが前に当たってくる。ちょっと。ねぇ？

「ふふふ。耳にしていますよ、神の居ない『サブ宗教』……可愛《かわい》らしいこと。もっとも、それはつまり教祖であるケーマ様が光神教を信仰してくだされば、皆光神教となると。そういうことですよね、ケーマ様？」

「いや、個人のメイン宗教は自由なのでそうはなりません」

「あらそうなのですか、残念」

と、再び聖女が俺の後ろから抱き付いてきた。

「あひゃい!?　ちょ、ちょっと!?　何よ!?」

「ロクコ様。勘違いしないでいただきたいのですが……私は、ロクコ様のことも愛したいと思っているのですよ？」

と、今度は俺を挟んでロクコまで抱きしめている。つまり俺がロクコと聖女にサンドイッチされているわけだが――必然的にロクコの顔が真正面から凄《すご》く近くに迫ってくるわけで。

「あら。ケーマ様の心音、先程よりも高鳴っておりますね？　やはりロクコ様もご一緒というのが重要なのですか。ふふふ」

「ま、ちょっ、やめっ！　へんなとこ触んないでよっ……ひゃうんっ！」

ロクコが可愛い声を上げる。どこ触ってんだオイ、聖女オイ。ロクコが聖女の手から逃れようと前に出てくる。つまりロクコの柔らかな体がますます俺にさらに密着する。ロクコの顔が赤くなる。聖女アルカの手がさらに――と、ロクコが可愛い甘い声を上げながら力いっぱいに俺を抱きしめる形になり、そして聖女は俺とロクコを纏《まと》めて逃がさない。

「け、けぇまぁ……ん……ン」

まって。限界。俺も。

「聖女様、放してください。そろそろおふざけは……」

「では2人合わせて連れ去ってはダメですか？」

聖女はそう言って、俺の耳元で囁《ささや》くように尋ねてくる。熱い吐息で耳がくすぐったい。

「ダメです。お断りです」

「まぁまぁ、私は本気ですのに……いけずですわ。ふふふ」

というか誰か助けて!?　従者さんなんで目を逸《そ》らしてるのこの聖女どうにかして!?

「はいはい聖女様ぁ、その位で勘弁したってな？　ウチのご主人様らは純粋なんやから」

と、ここでロクコが呼んでおいてくれたのか、イチカがやってきた。

「あら。イチカではないですか……ふふ、それも魅力。ああ、穢《けが》すのが惜しいほどに純白なのですね？……イチカも混ざりませんか？」

「アカンてそれは。凄く楽しそうやけど、立場上許すわけにはいかんからなー」

イチカがそう言うと、聖女アルカは俺たちを解放した。

……た、助かった。イチカにはあとでカレーパンを支給しておこう。パン屋シリーズの高いヤツを。

「……時にケーマ様。イチカは、おいくらならお譲りいただけますか？　とても気が利くので侍女に欲しいのですが」

「非売品です」

「金貨1万枚」

「非売品です」

交渉は一切受け付けません、と断固たる決意で断った。

「はぁ……ケーマ様の意思は固いですね。分かりました、イチカ。ケーマ様の下で幸せになるのですよ」

「ははは、なーに、また来たらウチが世話したるからな」

イチカと固い握手を交わす聖女アルカ。イチカ、お前どんだけ気に入られたの？　金貨1万枚とか相当だよ？

「もし聖王国へ訪れる際はぜひ私の屋敷へいらしてくださいな」

「その時は挨拶に行かせていただきましょう」

「ええ。ロクコ様やイチカもご一緒に、是非。……お待ちしておりますわ」

そのまま監禁されたりしそうなので、そもそも聖王国には行きたくないなぁ。

ともあれ、聖女はゴレーヌ村から去っていった。


聖女アルカという脅威が去って、俺達《たち》はくったりとその場に座り込んだ。イチカだけは元気に仕事に戻っていったが……

「……なんというか、アレね」

「ん？」

「ケーマは私のなんだから、とられるわけにはいかないわよね。もっと積極的に行くべきかしら。どう思うケーマ？」

「……それ俺に聞く？」

まぁ、積極的に来られたらまず間違いなく俺が持たないから程々にしてくれ。

閑話　レンタル料にまつわる珍妙な交渉

温泉の出る魔道具、そのレンタル料についての交渉の日がやってきた。ドラーグ村村長邸にゴレーヌ村の財政を一手に担《にな》う商人、ダインが訪れる。飾り気のない簡素な応接室で相対するは、ドラーグ村村長、シド・パヴェーラだ。

「今日はよく来てくれた。村長のシド・パヴェーラだ」

「はっ。ワイはゴレーヌ村の商人、ダインです。以後お見知りおきを」

「ダイン殿。まず訪問してくれたことに礼を言おう」

「いやいや、気にせんといてくださいシド様。なにせワイは平民、シド様は貴族。出向くのが当然っちゅうもんでっしゃろ」

と、パヴェーラ訛《なま》りで下手に出てはいるものの、これはダインのジャブである。訪問される側は当然上の立場であり、下の立場に立つダイン側こそが譲歩をして利益を譲ってみせるという意思表示だ。

本来であればシドこそゴレーヌ村に赴き、村長邸で交渉をしたかった。現状とは逆の譲歩をする側としての立場を示したかったのだが、先にケーマから「副村長から仕事をするなと止められたのでそちらに商人を送る」という手紙を受け取ってしまったのだ。

商人を送ると言われた以上、シドが商店に出向くわけにもいかない。平民の商人が貴族であるシドの元へ訪問するのはごく普通のことであり断れないし、逆にシドが予定を覆して商店に押しかけるのはかえって迷惑になるので問題外。

ケーマの手紙1枚で、最初のスタンスを固定されてしまったシド。……ここからどのように挽回《ばんかい》し、より多くの金額を支払うか——積み重なった恩をいかに金という形で返せるか——が肝となる交渉だ。シドは貴族として鍛えた表情筋に命令し、笑みを浮かべる。

「ああ。だが今日は値段交渉だ。あくまで対等に、適正価格を議論したい」

「ええ、もちろん。ワイらもそこは商売ですからな」

「では先に訪問の礼として足代を払おうか」

そう言ってシドは、ちゃり、とコインの擦《こす》れる音がする袋を差し出す。が、ダインはこれを一瞥《いちべつ》し、中身も見ずににこやかに笑みを浮かべたまま突っ返した。

「はっはっは、シド様。それは悪手でっせ？」

「……やはりか」

シドは「ちっ」と心の中で舌打ちした。足代とはいいつつ、この中身は明らかに過剰な額が入っている。つまり、賄賂だった。シドはこの賄賂にどう反応するかで、今後ゴレーヌ村関連で付き合いが長くなるであろうダインの器をはかろうとしたのだ。

まず、素直に受け取る場合は小物である。この場合、シドの交渉力でなんとでも丸め込めるだろう。これが一番楽だ。

次に、代理人として賄賂は受け取れないと突っ返す場合は正義感のある商人といったところ。誠実で公平な取引が見込めるだろう。これも良い。

そして、含みがあって受け取る場合は手練《てだ》れである。賄賂の目的を意図的に無視し「賄賂を受け取ったんだから譲歩しないと」とか言って結果都合よく話を進める可能性がある。だが、それでも精々賄賂分相当の損で済む。あるいは、交渉力の勝負になるだろう。

だが最後に、想定される反応で最も厄介なもの。それがこの「諸々《もろもろ》分かったうえで受け取らない」である。しかも忠告（牽制《けんせい》）付きで。これは、ある意味では交渉する気すら無いということ。圧倒的上位の立場であることを間違いなく理解しており、その上で立場を崩す要因にもなり得る賄賂を拒否している。そんな賄賂《ささいなモノ》などなくても、余裕で利益が得られると言っているのだ。

そしてそれは、ゴレーヌ村村長であるケーマとの強固な繋《つな》がりを感じさせる反応だった。

「すまない、少し試させてもらった。これは見なかったことにしてくれ」

「いえいえ、お気になさらず。ちゃんと分かっとりますから。伊達《だて》に村長――ああ、ケーマはんに鍛えてもらっとらんですわ」

さらに小さな疵《きず》となる『賄賂を出した事実』についても、一切合切を不問とする余裕な対応。結果、シドには、ダインという商人の器が想定よりかなり大きいことしか分からなかった。さすがはケーマに信頼されている商人といえよう。ケーマ本人か、それ以上と思って全力で対応しなければ足をすくわれる……いや、足元が崩されるかもしれない。シドはごくりと息をのんだ。

「その訛りからして、ダイン殿はパヴェーラの商人なのかな」

「ええ。でもま、今はゴレーヌ村の商人っちゅー存在やと思ってください」

「ははは、パヴェーラ出身のよしみでお手柔らかに頼めないかな」

「ええですよ、ワイの生まれ故郷やし、お安くしときましょう。ケーマ村長には内緒で」

「……ははは」

分かって言っているくせに、と乾いた笑いを隠せないシド。


そして交渉が始まった。

「まず、実物の性能だが、実際どの程度のものなのだ？　それが分からないうちは固定で月いくら、というように払うのは止めた方がいいだろう」

「そうですな、一応ケーマ村長から『公衆浴場が作れるくらいの湯量と温度にはできるだろう』っちゅーのは聞いとりますが、上と下のブレ、実際の所がわからへんと固定料金は危ないですからな。維持にかかる魔石もどんなもんか」

「であれば、魔道具によって生じた金銭を基準に話をまとめようと思うのだが」

「異存ありません。こちらもそう考えとりましたわ」

最初の合意が取れ、にやりと笑う2人。まずはお互いに最初のラインを提示する。

「水使用料、浴場等の入浴料等、諸々考慮して不足なく支払うつもりだ」

「……8割。これが譲れん一線ですな」

「ふむ……売り上げの8割か、良いだろう」

早くも決まったと手を差し出すシド。これをダインが握り返せば交渉成立だが、当然ダインはその手を握らない。

「いやいや冗談キツイですわ、からかわんといてください。そんな多く頂くわけにはいきませんて。ワイが言うとりますんは当然純利益の8割です」

（副音声：何勘違いしとるんや？　そんなに多く払わしてもらえる立場だとでも？）

「なんと。それでは殆《ほとん》ど儲《もう》けがないのでは？」

（副音声：くっ、やはりだめか。……しかし純利益では明らかに譲歩が過ぎている！）

シドの言った『売り上げ』とダインの言った『純利益』では、同じ8割でも天と地ほどの差がある。簡単に解説しよう。

例えば1個500円の弁当があったとして、1つ売れたら『売り上げ』は＋500円と単純に増えていくのに対し、『純利益』はここから原価、人件費、税金等の諸々の出費を差し引いた値となる。

この弁当の利益率が25%（1個売れるにつき125円の利益）で、売れ残った弁当は破棄する（1個破棄で375円の損失）としたとき、完売御礼でも『純利益《トント》』は『売り上げ』の25%どまりな上、100個中75個の弁当が売れてようやく『純利益《トント》』0円、それよりも売れなければその分だけ負債《マイナス》となる。

……ここでダインが求めたのは、その『純利益』の8割。ともすれば経費等でマイナスになる可能性すらある値。さすがにシドもここは引けないので手を引っ込める。このまま通せば、ますます恩が積み重なってしまう。


「ダイン殿、商人であれば、より儲けを求めるべきだと思うのだが」

（副音声：ふざけんなもっと払わせてください）

「そこはドラーグ村新村長就任のご祝儀と受け取っていただければ。それにまぁ、死蔵してた魔道具やとケーマ村長もいうとりました。ちゃんと安定して動くかどうかも分からんし、そこらへんのリスクを受け入れる度量も評価したっちゅーことですわ」

（副音声：新参者は大人しく言うこと聞いとけや。こっちじゃ不用品なんやで？　銅貨1枚でも儲けになるんや。わかっとる？）

「ありがたい話だが、そもそもケーマ殿の魔道具がなければ成り立たない話だ。儲けた分はすべて持って行っても構わないと思っているくらいだぞ。遠慮することはない」

（副音声：ごめんなさい少しでも恩を清算させてください。ホントお願いします）

本来は魔道具によって発生する利益（人件費や設備の維持費などは除く分）は全て、10割ケーマのものでしかるべきである。魔道具がなければそもそもそれは発生しないのだから。故に、これがシドの考えていた本当の、ギリギリの交渉ライン（支払い下限）であったのだが……

ふぅ、とため息を吐くダイン。

「これは両村の友好のための取引。気持ちの上ではこちらこそ利益が要らないくらいですが、長い付き合いにするためにもお互いに丁度いい利を得る形が最良です。ケーマ村長も仲良ぅしろいうとりましたし、なら間をとって5割なんてどうでっしゃろ？」

（副音声：甘い甘い。そうや、いっそタダで貸そか？　いやぁ恩が積み重なるなぁー）

「友好のためであれば5割はこちらに利があり過ぎる。……8割は妥当だな」

（副音声：分かった！　勘弁してくれ、さっきの条件を呑《の》む！）

「まいど。ほんなら、純利益の8割で決まりですかな。いやぁこんなにあっさり決まって楽な仕事やわぁ」

（副音声：あ、赤字の時も8割負担したるよー？　どうする？）

「ああ、いや。そうだな、俺はパヴェーラ領主の息子だから、ある程度優遇されている。負債など出さないだろうし、出してもそれをケーマ殿に押し付けるほど恥知らずではないつもりだ。そこは考慮した契約にしておきたい」

（副音声：ごめんなさい！　生意気言いました！　でもそもそもパヴェーラ家が後ろ盾だ

し、赤字になるはずがないんだからこれくらいはいいだろう？　どうか、どうかお願いします！　俺を助けると思って！）

シドの（立場を仄《ほの》めかす、交渉の敗北を認めて縋《すが》るような）案に、ダインは頷《うなず》く。

「ほんなら、契約は儲けの8割っちゅーことでええですか？」

（副音声：うーん、しゃーない。ま、それならええわ。んじゃ今度こそ決まりな）

「……あと魔道具と引き換えに保証金も要るのではないか？　こちらの不手際で破損してしまったりすることもあるだろう」

（副音声：ええと、ある程度まとまった金も受け取ってくれたりしないか？　な？）

「そういうんは要らんと言付かっとります。ケーマ村長はシド様のことをすっかり気に入ったようで。ああ、そういやオフトンの代金もオマケしとくとのことやったかな」

（副音声：往生際わるいで）

「し、仕方ないな。だがオフトンの代金は、お布施みたいなものだ、払わせてくれ」

（副音声：まって！　分かりました！　これ以上は本気で勘弁してください！）

こうして魔道具貸し出しに伴うレンタル料の話し合いはまとまり、シドとダインは固い握手を交わしたのであった。

　ロクコは思った。ケーマともっとイチャイチャしたい。いや、むしろ光神教の聖女アルカのようなお邪魔虫がケーマを狙ってくる以上、隙のない強固なラブラブっぷりを周囲に見せつけねばならぬと決意した。

　以前はロクコもあまり表に出ていなかったこともあるが、ゴレーヌ村で結婚式なる催しをした際に大々的に『ケーマ村長のパートナー』という地位を確立・周知した。だが足りぬ。足りぬのだ。

　ケーマはロクコをハグしたり頭をなでたりしてくれる。それは確かに嬉《うれ》しいし満たされる気持ちもあるのだが、もっとこう、色々とイチャイチャしたいのだ。そう考えていた時に、ふとロクコは天啓を得た。

「もしかしてケーマの【超変身】を使えばすっごいイチャイチャができるんじゃ……？」

　ケーマの勇者スキル、【超変身】……それは、単純に言えば『何にでも変身できる』という力である。実在するもの（Ｌｖ５では過去に実在したものまで含む）であれば、ケーマの知る範囲で何でもだ。そう、『何にでも』変身できるのだ。

以前ケーマがギガプラントという植物系モンスターに変身し、ハクを蔦《つた》で搦《から》めとったのは記憶に新しい。


「というわけで、色々案を考えたから意見を聞きたいのよ」

「……なんで私に？」

「私も呼ばれた理由が分からないのですがー」

ロクコはエルフゴーストのエルルと、魔女見習いネルネを自部屋に呼びつけていた。理由、そんなもの、丁度暇そうだったからである。ダンジョンの暇な時間や宿のシフトをロクコはしっかりと把握していた。

「あとはエルフって長生きって言うじゃない？　色々知ってそう」

「私、ハーフですし普通に享年20歳くらいですよ？　まぁ、いいですけど……」

「ネルネの発想にも期待してるわ」

「はぁいー、がんばりますー」

というわけで、ケーマの【超変身】でイチャイチャするための会議が始まった。


「で、私が考えた案がこれなんだけど」

それは、温泉だった。

ケーマに温泉に変身してもらい、ロクコがそれに入るのだ。全身をケーマの湯に包まれる、いわばハグ。ハグなのでケーマ的にもセーフのはず。これはもはや新時代のイチャイチャに違いない。

「飲んでもよさそうですねー？」

「飲む!?　ケーマを!?……アリね」

「いやいやいや、まってくださいロクコ様。お湯が分離したら、ご主人様が変身解除したときにどうなるんですか!?」

「ケーマは大丈夫よ、最悪死んだら復活するし」

「お腹《なか》の中で復活したら、それはそれでロクコ様がどうなるんですか！」

む、その危険には気付いていなかった。仮にロクコのお腹の中でケーマの体が元に戻ったら、お腹を突き破ってケーマが出てきてしまうかもしれない。

「良く気付いたわね。そうよ、そういう意見を求めてたのよ。メロンパンをお供えしてあげるわ」

「あ、ありがとうございます……あ、お供えおいしい……！」

今度ケーマに検証だといってゴブリンで試してもらおう。

「ゴブリンで検証するならー、温泉よりもー、食べ物の方がいいかもですねー？」

「確かにその方が手っ取り早く試せそうね……というか食べ物。それもアリ――」

ロクコは考える。食べ物……そう、たとえば飴《あめ》。ケーマの全身が飴となり口の中に入るのだ。これはもはやキス以上の何かではないだろうか？……いやまて。ゴブリンにそれをさせるというのか？　ケーマの、キス以上の何かを？

「──ゴブリン実験は無しの方向で」

「おやー？　それではロクコ様の安全が保障できませんがー」

「ぐっ……仕方ない、この案は没とするわ！」

ロクコも命を懸けてイチャイチャする気は無い。それで死んだら元も子もないからだ。

……でも機会があれば試してみたい。頭の片隅にそっとメモは残しておこう。


「安全性を考えるなら、次の案はこれよ」

今度は、衣服──それも、靴下に変身してもらったケーマをロクコが履くという案だった。ケーマの足フェチを考えるに、次点は靴であろうか。

「すごくない？　ケーマを私が着ちゃうのよ！」

「おぉー！　密着度は高くー、それでいて安全ですねー！」

「でしょー!?　ケーマもこれには思わず靴下に変身しちゃうとおもうのよ！」

ネルネに褒められ、ふんすと自慢げな鼻息を吹くロクコ。

「凄《すご》いかどうかといったら、確かに凄いんですけど……あの、ロクコ様。ひとつ気が付いてしまったのですが……これロクコ様からしたら普通の靴下をはいてるのと同じ感じなんですよね？　それでいいんですか？」

「……はっ⁉」

盲点だった。そして、エルルのこの発言はイチャイチャの核心に迫る大きなポイントであった。なにせ、イチャイチャとは片側からの「イチャ」だけでは成立しない。お互いに「イチャ」しあって「イチャイチャ」となるのだ……！

「くっ、そうなるとこれも見直しが必要ね……よくやったわエルル。メロンパン2個差し入れしてあげるわ」

「あの、他のパンでもいいですか？　クリームパンがいいです！」

ロクコは功績を称《たた》え、クリームパンをエルルにお供えした。

そしてダンジョンコア《ロクコ》に褒められるのを見て羨ましそうなネルネ。

「いいなー、私も何かー……あーっ！　ゴーストに変身してもらってー、ロクコ様に重なってもらうのはどーでしょー⁉」

「重なる……⁉　新しい！」

それは、エルルを見て思いついた案。ゴーストであれば物理的な肉体を無視し、その身体《からだ》に重なることすらできるのだ。そして、ケーマからの干渉と、ロクコからの干渉、お互いにイチャイチャできるという寸法だった。

「ネルネ、とても素晴らしいアイディアよ。メロンパンをあげましょう」

「サンドイッチ希望ですー、タマゴサンドで」

ネルネはロクコから下賜されたタマゴサンドを笑顔で口にした。

「魔物に変身してもらうというのは、色々アリね。温泉だとケーマからはなにもできないけど、スライムなら動けたりするだろうし」

「まぁー、根本として【超変身】で変身したマスターをマスターとして見ていいのか、というところは残りますけどねー」

はっ、とロクコは目を見開いた。

そう。ケーマの【超変身】は、あくまで『実在する何か』に変身する。……そして、その変身後はケーマ本来の肉体ではないと言える。ならばそれとイチャイチャすることは、ケーマとイチャイチャすることになるのか？　とネルネは問いかけたのだ。

「……むむむ、深い問題よそれは。まさかこんな根幹的な問題があっただなんて……！」

「え、肉体なんてどうでもいいじゃないですか？　大事なのは心《意識》ですよ！」

「思い出と言う観点で考えれば確かにそれも真理ね……くっ、悩ましいわ！」

結局、その日はそこで煮詰まってしまったため、ロクコは2人に一旦大量のパンを褒美として与えて解散した。

そして後日。

「えへへ、ケーマが私に【超変身】してる……えへへ、うふ」

「なぁ、これ楽しいのか？」

そこには、小ロクコに変身したケーマを膝の上に乗せ、ナデナデと愛《め》でるロクコが居た。

「身体が私で中身がケーマ……これは確実に超イチャイチャしてるわ！　存在自体がイチャイチャの化身よ！」

「なんかもうわけわからん……まぁロクコが楽しいならいいか」

そういうことになった。

あとがき

時は2020年。ダンぼるの12巻がついに発売しました。1ダースですね！　でも今回は空きページが少ないのであとがきが1ページ。これはヤバい。書下ろし率99％といっても間違いじゃないこの巻で言いたい事は多いのにスペースがただ足りない。空行を入れぬ手法でなんとか文字を詰め込むしかない。皆さんいつもありがとうございます。

はい、というわけで謝辞もそこそこに制作秘話にでもいきまっしょい。Ｗｅｂ版と設定が混乱しがちですが、今回はロードル伯爵が追加されてます。名前をきめるにあたり弟子ことたけのこ先生に名前をもらいました。スペシャルサンクス。さすがは弟子。別名をファンレターの君。11巻のファンレターが重量超過で届かないとかある意味神ってる。で、光神教聖女アルカも出てきました。他にもサブヒロイン達《たち》の出番がマシマシのマシになっての騒動になっています。いやぁ、ヒロインも増えたものですね。ケーマが無闇にマスター権限振りかざすタイプだったら今頃薄い本不可避。あと先日人気投票してみたところ、有能な有志の方が手伝ってくれました。結果ニク1位、ロクコ3位。これは白の女神も吃《びっ》驚《くり》。ただしロクコは大小分かれていたので合わせたら1位に。というわけで編集さんの意識を誘導し店舗特典用書下ろしイラストにさせたのはここだけの話です。大小ロクコの光景もニクも見事採用されました。おっと、もうスペースがが。ではまた次巻で！

鬼影スパナ

OVERLAP

絶対に働きたくないダンジョンマスターが惰眠をむさぼるまで 12

発　行　2020年1月25日　初版第一刷発行

著　者　鬼影スパナ

発行者　永田勝治

発行所　株式会社オーバーラップ
〒141-0031　東京都品川区西五反田 7-9-5

校正・DTP　株式会社鷗来堂

印刷・製本　大日本印刷株式会社

Printed in Japan　ISBN 978-4-86554-600-2 C0193